周梅森精品集·孤乘 大捷

周梅森 著

中国文联出版社
http://www.clapnet.cn

图书在版编目（CIP）数据

周梅森精品集：孤乘　大捷/周梅森著．－－北京：
中国文联出版社，2018.6
ISBN 978-7-5190-3370-5

Ⅰ.①周…　Ⅱ.①周…　Ⅲ.①中篇小说—中篇
小说—中国—当代　Ⅳ.①I247.5

中国版本图书馆CIP数据核字（2018）第061203号

周梅森精品集：孤乘　大捷

作　　者：周梅森	
出版人：朱　庆	
终审人：奚耀华	复审人：胡　笋
责任编辑：蒋爱民	责任校对：傅朱泽
封面设计：大德文化传媒	责任印刷：陈　晨

出版发行：中国文联出版社
地　　址：北京市朝阳区农展馆南里10号，100125
电　　话：010-85923066（咨询）85923000（编务）85923020（邮购）
传　　真：010-85923000（总编室），010-85923020（发行部）
网　　址：http://www.clapnet.cn　http://www.claplus.cn
E－mail：clap@clapnet.cn　jiangam@clapact.cn
印　　刷：中煤（北京）印务有限公司
装　　订：中煤（北京）印务有限公司
法律顾问：北京市德鸿律师事务所王振勇律师
本书如有破损、缺页、装订错误，请与本社联系调换

开　　本：787×1092	1/16
字　　数：200千字	印　张：13.75
版　　次：2018年6月第1版	印　次：2018年6月第1次印刷
书　　号：ISBN 978-7-5190-3370-5	
定　　价：35.00元	

版权所有　翻印必究

目 录

孤乘…………………………………………… 1

大捷…………………………………………… 105

孤乘

一

卜守茹不相信父亲的世界会在短短十数天里垮掉。望着从江岸西码头到大观道一路上连绵不绝的凄惶景致，心如止水，不为所动。一场大雪覆盖了石城，遮掩了械斗留下的一切痕迹。天色灰暗，像笼着一团僵死凝结的雾。卜守茹坐在小轿上，随着轿杠有节奏的"吱呀"声，木然前行，把父亲的世界一点点抛在身后。

时近黄昏，周遭静静的，绝少轿子行人的喧嚣，亦无喇叭号子的聒噪，只有身下一乘孤轿的颤声，和轿夫巴庆达与仇三爷的喘息声，再就是他们脚下皂靴踩在积雪上的嚓嚓声了。天很冷，巴庆达和仇三爷直流清鼻涕，脑后的辫梢上结着冰，二人抬轿时都袖着手。卜守茹却没觉着冷，穿着身绿缎薄袄，披了条猩红斗篷，近乎麻木地坐在轿上，脸色赛同积雪。

景观大改，父亲的世界已经倾覆。那门庭若市的三十六家轿号，现如今无一例外全被查封，盖着官府朱印的封条交叉贴于合严或未合严的门板上，令人心悸。一面面惹眼的招旗全不见了，不知是轿号的管事们败逃时摘走了，还是被官府的人掠去了。有几面招旗又不知因啥落在了狭窄的街面上，被行人的脚步踩进了积雪里，冻得绷硬，想扯都扯不下来……

卜守茹不愿相信这一切。她分明记得，父亲的轿行不久前还是城中一景。那时从江岸西码头到大观道，整整半座城池的街面都是父亲的地盘。父亲经常神像也似的坐在城中大观道旁的独香亭茶楼上，手托油光光的紫砂壶，神定气闲地向西眺望，在心里默默把玩自己的成功。

那时的父亲是傲气的，几乎从不用正眼瞧她，她不是男孩，不能承继父亲苦心打拼出的世界，在父亲眼里，她是个迟早要嫁出去的赔钱货，而父亲是从不愿赔钱的，他只要赚钱，赚更多的钱，置更多的轿子，设更多的轿号，藉以成就一轮又一轮疯狂的扩张。

在卜守茹的记忆中，父亲从未有过慈祥的面孔，她从儿时到如今的所有欢笑，都来自巴庆达，她的巴哥哥。父亲甚至从未抱过她，从未亲过她。就是在母亲死后，她到城里来的最初的日子里，父亲也没亲过她。她是在巴哥哥的怀里和肩上长大的。有一阵子，父亲甚至完全把她忘了，任由她在轿行里自生自灭。父亲把全部生命都押到轿子上，这个原本一文不名的乡巴佬从未想到过自己会败，而且会败得这么惨痛……

孤轿顺大观道缓缓行进，飘忽于半空中的卜守茹，默然巡视着自己乡巴佬父亲的全部失败，心中空落落的。这份空落中可有父女亲情？有几多父女亲情？直到卜守茹从卜姑娘成了卜姑奶奶，也仍是说不清的。

沿途还能看到许多被砸烂的轿子。各式各样的破轿歪倒在路旁的积雪里，像一堆堆弃物，全无了轿子的模样。最惨的是独香亭茶楼旁的独香号，几十乘花轿、差轿是被一把火烧掉的，烧得不彻底，许多轿子的残框依然挺立着，连日大雪都没能遮严那刺目的焦黑。轿号的门脸被火烧去了半边，两扇已不成其为门的门上也贴着官府的封条，封条旁还有一张缉拿革命党的官府告示。

独香号是父亲起家之所在。十八年前的一个风雪夜，父亲撇下刚刚落生的她，和她多病的母亲，怀揣着两个冻得绷硬的窝窝头，闯到了城里，就在独香号里抬轿。卜守茹最早认识父亲和父亲的世界，便是在独香号里。八岁那年，母亲去世了，她被一帮大人簇拥着，在母亲坟前磕头。一顶来自城里的带花布裙边的小轿飘然而至。抬轿的就是巴哥哥和仇三爷。巴哥哥那时只十五，豆芽菜般细长，老瞅着她笑。仇三爷那会儿还不是爷，众人都唤他仇三。巴哥哥和仇三把她扶上轿，一轿抬了八十里，进城到了独香号门口。父亲穿一身蓝布红边的号衣，于轿号门口立着，用一只没瞎的独眼死死盯着她看，半天才说，"我是你爹，喊爹。"她有些怕，嘴上怯怯地喊着爹，猫儿一般瘦小的身子直往巴哥哥身后躲。父亲哼了一声，塞给她一个玉米饼，抬着轿应差去了，——好像是为哪个大户主搬家，去了许多差轿。她记得，那是个秋日的傍晚，门洞里的风很大，风将父亲的号衣撩起老高，她看到了父亲弯驼着的背。背让蓝号衣映着，也是蓝色的，闪着阴森的汗光。

都过去了。父亲风光了许多年后，又回到了原地。这乡巴佬从马二爷手里起家，又栽在马二爷手里了。卜守茹揣摩，马二爷怕是为了发泄自己的仇恨，更是为了毁掉父亲东山再起的野心，才挑了父亲的脚筋，放火烧掉独香号的。也许从将五乘小轿赏给父亲的那天起，马二爷心头就点起这把火了。

不免染上一丝悲凉，卜守茹顿顿脚，让轿子在独香号门前落下了。

下了轿，卜守茹轻移几步，走到贴着封条的轿号门前愣愣地看。

独香号居于闹市中心，门脸不小，有麻青石砌的院子，惯常总有五六十乘轿，算得大号了。因着热闹，卜守茹小时最喜在这耍，还在这跟着个死去的王先生习过几日"子曰"。王先生极是和气，卜守茹从不怕他，一次王先生睡着了，卜守茹还用洋火燎过王先生的黄胡须。王先生的黄胡须着了火，嗞嗞拉拉响，一股子焦胡味。

往轿号门里瞅着，卜守茹似又嗅到了自个儿多年前造出的那股焦胡味。

仇三爷说："卜姑娘，还看啥呀，人这一世就这么回事，红火过也就算了，你爹他没亏……"

巴庆达也吸溜着清鼻涕说："是哩，妹！爹不算亏！"

卜守茹不做声，目光越过残墙向狼藉的轿号里扫，找寻她熟稔的一切……

仇三爷又说："也别多想，想多了心里苦……"

卜守茹这才收了思绪，淡淡说道："苦啥？我心里不苦。我爹亏不亏是他的事，我管不着，他也从没让我管过。我只是想，爹咋就会败了？像他这种人……为了轿子连亲闺女都不要的人，咋也会败呢？"

仇三爷和巴庆达都不答话。

卜守茹回转身，叹了口气，捏着绢帕的手向独香亭茶楼一挥，说："走吧，到茶楼上坐坐，叫几笼狗肉包子来吃，我饿了。"

仇三爷道:"卜姑娘,还……还是回吧,这阵子正闹革命党,地面不肃静,再说,天不早了,你爹又在床上躺着,咱……咱也得回去照应一下。"

卜守茹摇摇头:"照应啥?咋照应他也站不起来了!你们得把他忘了……"痴痴愣了片刻,又说:"让他独自一人静静心也好。"

仇三爷不做声了,默默和巴庆达抬起空轿,跟着卜守茹到独香亭茶楼去。

茶楼的老掌柜是相熟的,半个月前,卜守茹的父亲卜大爷还在这茶楼上断过事。老掌柜没因卜大爷今日的背时就怠慢卜守茹。卜守茹和巴庆达、仇三爷一坐下来,老掌柜便亲自提着铜嘴大茶壶过来了,一过来就问:"卜姑娘,卜大爷可好?"

卜守茹点了下头:"还好,难为您老想着。"

老掌柜说:"给卜大爷捎个话,让他想开点,好生调养,就算是断了腿,不能伺弄轿子了,也还有别的事好做。"

卜守茹又点了下头:"那是。"

老掌柜又问:"卜姑娘今个要点啥?"

"包子。"

"还是对门老刘家的狗肉包子?"

卜守茹"嗯"了声,老掌柜去了。

茶楼里空荡荡的,除了他们三人,再无一个宾客。这大冷的天,没人到这冷清的地方泡光阴了。卜守茹守着一盆炭火,坐在父亲惯常坐的桌子旁,先是看茶杯上不断升腾的雾气,后又透过雾气去看巴庆达光亮的额和脸,看得巴庆达头直往桌下垂。

瞅着巴庆达,卜守茹就想起了过去。过去真好,她没有爹,却有个小爹爹一般的巴哥哥。巴哥哥憨兮兮的,把她从八十里外的乡下抬进城,小时候,一直给她当马骑,带她四处兜风。她是在小轿、花轿里,在巴哥哥的肩头上,结识这座石城的。往日巴哥哥用自己日渐壮实的肩头扛起了她顽皮的少女岁月,今儿个又和她一起面对着一场不可挽回的惨败。巴哥哥显然还不知道这惨败对她和他意味着什么,倘或知道,只怕巴哥哥再也不会这么平静地坐在这茶桌前了。

还有仇三爷。仇三爷也再不是许多年前到乡下接她时的那个健壮的仇三了，随着父亲轿业的红火，仇三称了爷。称了爷的仇三，渐渐失却了那份健壮，浑身油亮的腱子肉垮落了，腰背弯驼了，这二年益发显得老相。

轻叹一声，卜守茹道："你们当初真不该把我从乡下抬来！"

巴庆达问："咋说这？因啥？"

卜守茹嘴唇动了下，想说，却终于没说。

巴庆达以为卜守茹还想着她爹，便道："妹，你放宽心，卜大爷是你爹，也算是俺爹，不论日后咋着，俺都会给他养老送终的。"

卜守茹苦苦一笑："你扯哪去了？我才不替他担心哩！"

巴庆达一怔，咕噜了句："真不知你都想些啥。"

卜守茹不再做声，默默站立起来，手托茶杯，走到窗前，凝望窗外朦胧的风景。

独香亭茶楼居于石城正中，是傍着石坡建的，上下三层，显得挺高大，站在茶楼顶层，大半座城都看得清。麻石铺就的街面纵横交错，起伏错落，把这座依山傍水的城池切割成高高低低许多碎块。她和父亲一样喜欢麻石街面。她喜欢它，是因着幼年乡下的经验：乡下的黄泥路雨天沾脚，麻石路不沾脚；父亲喜欢它却是为了自己的轿业。父亲曾指着脚下坑洼不平的麻石路对她说，"妮儿，这就是爹的庄稼地，只要这城里的麻石道在一天，爹的轿子就能走一天，爹就不愁不红火哩！"

爹的庄稼地现在看不见了，积雪将它遮严了。能看到的是那笼在惨白中的街巷轮廓，和被切割开的一片片屋宇与炊烟，炊烟是淡蓝的，像吐到空中的一声声轻叹。

凝望了许久，卜守茹回过头问仇三爷："从这看过去都是我爹的地盘？"

仇三爷点点头："都是，以大观道划界。"

卜守茹自语道："地盘不小。"

仇三爷说："是你爹拼命才夺下的，前前后后十八年……"

卜守茹应了句,"我知道。"指着窗外的街面,又问,"观前街和北边的状元胡同算不算我爹的地盘?"

仇三爷说:"不算。若不是为了争这两块地盘,卜大爷也不会跌得这么惨。最早到观前街设轿号时,我就劝过你爹,要他三思,可你爹的脾性你知道,不听人劝哩……"

卜守茹哼了一声:"我说过,别再提我爹了,他完了!"

仇三爷怯怯地说:"卜姑娘,也……也不好这么讲的,卜大爷不……不会就这么完了,他心性高,还会起来。昨儿个,他就请人找了麻五爷,想托麻五爷出面和马二爷说和……"

卜守茹眼里鼓涌出泪:"别说了!我都知道!"

"你……你也知道?"仇三爷有点惊奇。

老掌柜送来了狗肉包子,热腾腾的,卜守茹却不愿吃了,要巴庆达把包子提着,立马打道回府,言毕,起身就走,连老掌柜和她打招呼都没理。巴庆达和仇三爷都觉着怪,又都不敢问,只好静静地随卜守茹往楼下去。

回家的路途中,卜守茹坐在轿上一直默默落泪……

二

卜大爷已习惯于用一只独眼看世界了。

独眼中的世界是美好的，是真正属于卜大爷的。半边油亮的鼻梁永远在卜大爷的视线中晃动，伴随一次次拼争的成功，常使卜大爷亢奋不已。卜大爷因此认定，他天生该当独眼龙，对失却的那只左眼，几乎从未惋惜过。过去有两只眼睛时，眼里的世界不属于他，他站在镜子前看到的自己，是个浑身透着穷气，手里捧着窝窝头的叫花子。他正因着恨身上的穷气，才为了马二爷许下的五乘小轿，投入了最初那场和四喜花轿行白老大的拼死格斗。

常记起那日的景象：是个风雨天。在大观道上。白老大手下三个五大三粗的汉子把他团团围住，另一个轿夫撂下轿逃了，他没逃。他知道那些人想打断他的腿，让他永远不能伺弄他的轿，他不怕，他也想打断他们的腿，为自己日后少一些争夺生意的主。他操着轿杠，定定立在麻石路上，瞅着他们的腿嘿嘿笑。他干得真好，轿杠抡得又狠又准，他们没打断他的腿，倒是他打断了他们的腿，这战绩真可以说是辉煌的。也正为了这份辉煌，他的一只眼睛玩掉了：这帮孬种中的一个，用手中握着的暗器捅瞎了他的左眼，让他一头栽倒在路道上。

路道湿漉漉的，每块麻石都披着水光。他把满是血水的脸贴在麻石上，第一次亲吻了他城里的庄稼地。也正是从那一刻开始，他打定主意要在城里这片麻石道上收获他一辈子的好庄稼。

当晚到了马二爷府上，他把被捅破的眼珠儿血淋淋一把抠出，拍放在马二爷的烟榻上，硬生生地说，"二爷，我来取我的五乘小轿了！"

马二爷举着烟枪，愣了半晌才说，"我不食言，五乘小轿明儿个到独香号去取，日后不管咋着，你都得记住我今日的情分。"

这是屁话，卜大爷当时就想。

当时，卜大爷知道自己日后会发达，马二爷大约也是知道的，否则，马二爷不会说出关于日后的话。只是马二爷没想到卜大爷会发得这么快，会在短短三四年里形成气候，及至后来和马二爷平起平坐。

正式分出新号以后，卜大爷和马二爷还合作过两次，一次是早年联手挤垮花家信行，抢揽信行的货运；另一次是两年前统一地盘，吞并城东、城西十二家杂牌小号。

小号跨下来后，卜大爷和马二爷拼上了。

卜大爷看着马二爷不顺眼，马二爷也瞅着卜大爷不顺眼。双方就暗地里使坏，撒黑帖子，向官府告小状，还扯上了革命党和炸弹。

马二爷三番五次对知府邓老大人跟前的人说，卜独眼不一般哩，轿号里敢窝革命党。邓老大人根本不信，可架不住马二爷时常孝敬的月规和随着月规送上的欺哄，也到城西卜大爷的轿号去拿过，没拿到革命党，却拿到了和妇人私通的云福寺和尚福缘法师。

卜大爷也不傻，白给官府应差抬轿不说，也和马二爷比着送月规。送月规时也送话，道是马二爷为革命党造炸弹，一个个西瓜似的。邓老大人也不信，可也去查，没查出炸弹，只收缴了一筐筐烟枪、烟土，和一串串二毛子使的十字架。

这种拼法不对卜大爷的脾味，卜大爷喜欢明里来明里去，白刀子进红刀子出。后来，卜大爷就不再搭理马二爷的碴了，月规虽说照送，官府却懒得多去走动，且四处扬言，要把马二爷的脚筋挑断，让他永远躺在大观道上。

然而，永远躺下的不是马二爷，却是卜大爷。半个月前，马二爷挑起全城轿夫大械斗时，官府的差人在卜大爷的轿号里发现了一把洋枪、两颗炸弹。结果，官府介入，和马二爷一起打卜大爷，从城东打到城西。在大观道独香亭茶楼门前，马二爷手下的人当着官府差人的面，生生打断了卜大爷两条腿，还挑了卜大爷的脚筋，卜大爷和他的世界一并齐完了……

这很怪，卜大爷至今还弄不懂：洋枪、炸弹是哪来的？马二爷一来弄不到这些东西，二来也难以藏到他轿号里去，他防马二爷防得紧呢！没准真会有不怕死的轿夫要谋反？可又怪了，邓老大人若是因着那洋枪和炸弹就认定他卜永安窝革命党，咋又不把他抓进大狱里去？这里面势必有诈，卜大爷只不知诈在哪里。

自那便在床上躺着了，两条断腿没日持久地痛着，提醒卜大爷记牢自己的失败。卜大爷开初还硬挺着，试着想忘却，后来不行了，躺在床上无事可做，没法不想心事。卜大爷想着当年和白老大的人打架，想着扔在马二爷烟榻上的眼珠儿，想着自己十八年里落下的一身伤，和两条再也站不起来的腿，——他的腿再也站不起了么？那他咋伺弄他的轿子？！这才悲怆起来，连着几日号啕大哭，把仇三爷和巴庆达都吓坏了，他们从未见卜大爷流过泪。

卜大爷把积聚了十八年的眼泪哭干之后，又想开了。他觉着，就像当年的那只左眼是多余的一样，他的两条腿其实也是多余的。现在不是从前，他就算躺在床上，永远站不起来，也不是叫花子，他是爷！卜大爷！爷字辈的人不玩腿，玩脑瓜！用脑瓜去玩世界！他再也不会赤着大脚板，踩着麻石路去抬轿了，他抬够了轿，日后要坐轿，天天坐，坐在轿上去找马二爷复仇，去收获他栽种在麻石地上的渴望和梦想。

自然，这都是以后的事。现在卜大爷要落实的，不是收获和复仇，而是认栽讲和。马二爷只要给他留下一丝退路，他都退过去，就算马二爷让他磕头，他也干。为啥不干呢？今日他给马二爷磕头，日后定会割下马二爷的头当球玩。昨儿个，拖着两条断腿，就派仇三爷去请了帮门的麻五爷，要麻五爷给个公道。

麻五爷起先不愿来，后来架不住仇三爷一再央求，和五十两银子的诱惑，才来了，坐着四抬的蓝呢官轿，轿前轿后还有几个一溜小跑的喽啰跟班。

麻五爷一进门就说："你们都他娘不够意思！都不给我面子！半年前，我在独香亭茶楼上不是给你们断好了么？以大观道划界，井水不犯河水，你们倒好，三天两头打，还到官府相互使坏！你们信官府，还找我五爷干啥？！"

卜大爷说："五爷，这你有所不知，马二使了我的坏，我自然不能不应付，我这回栽，大概还就是栽在这上面。"

麻五爷点点头道："你知道就好，官府早被马二爷买通了，还有巡防营的钱管带，也被他买通了，开打那天，我就知道你要完……"

卜大爷问："那五爷咋早不指点一二？"

麻五爷脸一板："你他娘来找我了么？"

卜大爷再无话说，转而道："今儿个我找你了……"

麻五爷摇起了头："晚了，卜大爷，说句不怕你伤心的话，你这人算废了，要和马二爷争出个输赢，等来世吧！"

卜大爷红着独眼大叫："老子没完！老子还是爷！你五爷若还能有一丝看得起我的意思，就……就给我个公道！"

麻五爷叹了口气："公道我给不了，只马二爷能给。"

卜大爷道："那你替我捎个话给马二爷，就说我卜永安啥都认，只求他给我块喘气的地盘。"

麻五爷问："这块喘气的地盘得多大？"

"让马二爷瞅着办。"

"你真啥都认？！"

卜大爷点了头："我啥都认！"

麻五爷这才说："那好，我也和你实话实说了吧，前日在北关戏园里，我见着马二爷了，我骂了马二爷，怨他不该把你弄得这么惨。马二爷也说他这回是过分了一些，想找邓老大人跟前的人说说，把西半城轿号的封条启了，再发还给你，他的老号和你的新号井水不犯河水，仍是以大观道为界……"

卜大爷简直不相信自己的耳朵："五爷，不……不对吧？我……我听说马二爷要把老号开到西城来的，是不是？仍以大观道为界，马二的心机不白费了？你……你五爷莫不是开我的玩笑吧？"

麻五爷正经道："开么玩笑？！五爷我啥时开过玩笑！马二爷真这么说了，

只是提出了个条件，怪苛刻的，我他娘还是别说了吧，估计你不会同意！"

卜大爷紧张地看着麻五爷："五爷，你……你说！你快说！"

麻五爷道："马二爷相中你家卜姑娘了，要卜姑娘到他家去做小妾，给他生儿育女续香火。"

卜大爷愣了。

麻五爷笑了笑："看看，我说你不会答应吧……"

卜大爷偏道："我……我答应！"

麻五爷惊得立了起来："卜大爷，你莫不是疯了吧？马二爷六十有二，不说做卜姑娘的爹，都能做你卜大爷的爹了，你……你就舍得让亲闺女给这糟老头儿去做小老婆？"

卜大爷不答，瞪着独眼痴迷地说："我……我要我的轿号，我……我的三十六家轿号，那都是我的，我的……"

麻五爷摇了摇头："卜大爷，你要听我的，我就劝你甭上当。你想想，你若不是被马二爷废掉，马二爷会把轿号还你么？你今日没用了，他是让你用亲闺女换个空欢喜。"

卜大爷眼里噙着泪："你不懂，五爷，你别劝我，你只管去和马二爷说，我愿意，这是我的事。"

麻五爷走后，卜大爷蒙上被子欢喜得呜呜哭了半夜。一大早，便把闺女卜守茹叫到床前，把自己的决定说了。

述说这个决定时，卜大爷满是伤疤的脸上还透着昨夜残留的激动，独眼里射出夺人的光亮。

卜大爷说："妮儿，马二爷看上你了，你想想，这是多好的机会啊！你一过去，爹就能东山再起。爹腿断了，可还有脑瓜，爹的脑瓜不笨，还能和马二爷斗下去！十五年前，爹凭五乘小轿，就搏出了今日这世面，日后能拼不倒马二爷么？！"

卜守茹被卜大爷的述说惊呆了，嘴半张着，两眼睁得多大，身子直往后退。

卜大爷伸手招呼女儿："妮儿，你别怕，过来，站过来，爹给你说，女孩家迟早都得出门子，不能守着爹娘过一辈子……"

卜守茹试探着问："我……我若是不愿呢？"

卜大爷道："你咋会不愿呢？！你是我的妮儿，你得听我的！"

"我就是不愿呢？"

卜大爷脸黑了下来："你不愿也不成，我会把你捆去！现如今只有你能救爹！"

卜守茹嚷道："我不是赔钱货么？你……你可真……真会算计！"

卜大爷直到这时才记起了十八年来对闺女的轻慢，有了些愧疚，叹息着说："妮儿，爹过去对不住你，今儿个，你有气只管冲爹出，出完气，还得到马二爷家去。"

卜大爷伸出手想去拉卜守茹，卜守茹却把身子一撒多远。

卜大爷又说："就算不心疼爹，你也不心疼咱的三十六家轿号么？你想想，你一过去，那三十六家轿号又是咱的了，还有城西那么大片地盘，那么大一片呀！全都是高高低低的麻石路，不好走车，只能使轿！妮儿，你去看看，扒开路道上的雪，好好看看，那一块块麻石，就是咱使不完的金子！"

卜守茹愣愣瞅着卜大爷："你眼里只有这？"

卜大爷坦承不讳："爹眼里只有这，白日里看着它，夜里梦着它。"

"我去马家做了小，你就能得到它了？"

卜大爷道："能！爹再不会让它丢掉了，妮儿，你得信！"

卜守茹强压住涌上眼眶的泪，沉默了片刻，这才说："好……好吧，爹，你……你容我想想。"

卜守茹出去时，卜大爷想搂搂她，卜守茹却一把把他的手推开了，这让卜大爷有些哀伤。

整个上午没再见卜守茹的影。

中午，仇三爷过来说："卜姑娘好像在房里哭，别是出了啥事？"

卜大爷说："没出啥事，许是想她娘了吧！"

傍晚，卜守茹从自己房里出来了，穿了绿缎袄，系了猩红斗篷，怪妖艳的，一点不像伤心的样子。卜守茹要仇三爷和巴庆达备轿,说是出去走走。卜大爷那时就知道,卜守茹是要去看看他的地盘,心里不禁一阵狂喜。

卜大爷相信,自己闺女不会不要那三十六家轿号和金子铺就的麻石路的。闺女是在轿行里长大的,知道轿号和麻石路的价值。轿号和麻石路是他的一切,也是闺女的一切,闺女懂。

上灯时分,闺女回来了,卜大爷拖着断腿从床上爬起来,趴在床头的窗前看。卜大爷看到了在院中轻轻落下的小轿,看到了闺女披在身上的猩红斗篷,还看到了仇三爷凄苦的老脸。看到这一切的同时,卜大爷也照例看到了自己的半边鼻子,那半边油亮的鼻子已凝固在卜大爷起家之后的所有景物中了……

三

九格纸窗上有个洞,是父亲趴在床上用手抠的。他抠破纸窗,老把那只独眼紧贴在纸洞上,阴阴地注视着院子里的一切。这很让卜守茹讨厌,卜守茹觉着父亲其实是个无赖,成事时是无赖,败事时仍旧是无赖。

小轿在院中一落下,卜守茹就看到了父亲贴在窗洞上的独眼,独眼热辣辣的,在明亮汽灯的映照下闪现着幽蓝的光,且定定地望着她,随时准备捕获她的允诺。

卜守茹装作没看见,下了轿,径自回了自己的西厢房。

窗洞上的眼急了,"妮儿,妮儿,"一声声唤。

卜守茹不理,先用热水洗了脸,烫了脚,又叫巴哥哥把带回的狗肉包子拿到火炉上去蒸。正吃包子时,仇三爷过来了,好声好气说:"卜姑娘,你爹叫你呢!"卜守茹道:"我知道,我耳朵又没聋。"

仇三爷说:"那……那就过去吧,你爹都哭了……"

卜守茹坐着不动:"他也该哭了,日后他还会哭的,没准得天天哭,——三爷,你记着我这话。"

仇三爷那日还不知道后来将要发生的大变化,还是尽心尽意地劝:"卜姑娘,别赌气了,好歹他是你爹,就算他过去对你不好,也……也还是你爹嘛。"

卜守茹脸一板:"你让我静静心好不好?你去告诉我爹,我还没想好,一想好就过去和他说!"

吃完包子喝过茶,卜守茹才过去了,出门前,无意中发现脸上有泪痕,又洗了次脸，还在脸上扑了些香粉。

父亲独眼红红的，见她进来，慌忙用手撑着床坐起了身，连声问："妮儿，都看过了？你都看过了？"

卜守茹不答，在床前的红木小凳上坐下，漫不经心道："老刘家的狗肉包子不如从前了，馅少，也缺油。"卜大爷应付说："是哩，是哩！"

卜守茹摸起父亲心爱的提梁紫砂壶，在白白的小手上把玩着："独香亭茶楼的老掌柜问你好呢。"

卜大爷点点头："再见着老掌柜，替我捎个好。"说完这话，卜大爷又想问自己的事，卜守茹却扯起了革命党。"爹，你可别说你冤，咱城里还真有革命党呢！官家的缉拿告示上有名有姓，还有像，我都见着了。是贴在咱独香号门上的。从那像上看，人还挺俊的，有点像我巴哥哥。"

卜大爷说："革命党谋反，都是作死……"

卜守茹捧着提梁紫砂壶，喝着水："作啥死？今儿个若是有人来伙我，我也会做革命党的！"

卜大爷不愿闲扯："妮儿，爹该给你说的话都给你说了，不知你想好了么？"

卜守茹不做声，转脸望着火焰跳跃的汽灯出神。

卜大爷又小心地问："咱……咱城西的三十六家轿号和地盘，你……你可看过了？"

卜守茹道："看过了。"

"你觉着爹的这盘买卖咋样？"

"有点意思。"

卜大爷被这轻慢激火了："有点意思？你口气真大。为了这点意思，你爹差点死上三回！"

卜守茹柳眉一扬："你咋就没真死掉呢？"愣了下，又说："那时你要死了，我会哭的。"

卜大爷嵌着刀疤的脸颤动起来："妮儿，你……你说这话？你……你也巴不得我死？"

卜守茹凄然一笑："我不是这意思，我是说，你要在那会儿死了，就不会落到今儿个这步田地了。你想想，你今儿个有多惨，老趴在窗洞上瞅人，还得把黄花闺女硬送给人家马二爷。你就没想过，人马二爷是羞辱你么？"

卜大爷用拳头砸着床沿，叫道："谁也甭想羞辱我！甭想！老子今日把你送过去，就是为了往后能好好羞辱他们马家！妮儿，你得记住，这世上的人都只认赢家！只要咱们斗赢了，今天的事就会被人忘掉！"

卜守茹摇摇头说："别哄自己，今天的事谁也忘不掉。你就算日后赢了，人家也会指着你的脊梁骨说，这人卖过自己亲闺女！"

卜大爷似乎有了些愧，不言声了。

卜守茹又说："况且，我断定你赢不了，我劝你再想想。"

卜大爷不愿去想："妮儿，你……你只要答应到马家去，爹一准能赢，爹凭五乘小轿……"

卜守茹打断卜大爷的话头道："别再提那五乘小轿了，我听腻了！你要还是我爹，现在就别把话说得这么死，就再想想。想想你三年前给巴庆达许下的愿，你答应他娶我的。"

卜大爷认这笔账："不错，我是答应过小巴子，只因为小巴子对你好，你也喜欢他……"

卜守茹插上来说："现在我还喜欢他……"

卜大爷手直摆："现在不行了，小巴子不能给我三十六家轿号。为了三十六家轿号，你非去马家不可！"

卜守茹似乎早已料定父亲不会回头，站起来问："日后你不会后悔么？"

卜大爷点了头。

卜守茹再问："真不后悔？"

卜大爷又点了头。

"那好，"卜守茹说，"我是你闺女，我听你的，你让麻五和马二爷说吧，让马家定日子。出阁那日，我要东西城新老八十二家轿号一起出轿！"

卜大爷高兴了："这行！爹就依着你的心意办。"

卜守茹哼了一声："你可真是我的好爹！"

言毕，卜守茹转身就走，走了几步才发现，手上还攥着父亲的提梁紫砂壶，遂死命将茶壶摔碎在方砖铺就的地上，旋风一般出了门……

门口，巴庆达正呆呆立着。

四

风掠过屋脊时发出刺耳的尖啸，旋到空中的积雪纷纷扬扬落。天幕是凄冷的，月影和星光显得异常遥远。巴庆达痴痴走到院里，抬头仰望着夜空，硬没让聚在眼中的泪淌下来。风刺着他上仰的脸，落下的碎雪在脸上化成了水，冰凉冰凉，像许多小虫在爬。

巴庆达袖着手想，他不能哭，卜姑娘最看不起男人的眼泪。可他差点儿管不住自己的眼。在堂屋门口，听着卜姑娘和卜大爷说话，鼻子就发酸了；走到院里，西北风一吹，泪一下子就盈满眼窝。他透过泪眼看到的天空没有星月，只是一团茫然的黑。

于那团茫然的黑中，看到了小时的卜姑娘：一张总洗不净的圆圆的脸，一只小小的翘鼻子，穿一身打着补丁的老蓝色土布罩袍，直搂着他的脖子叫巴哥哥。十年前，卜姑娘就是这副模样在她乡下老林前上的轿，他当时可没想到有后来的相好和今日的分手。

卜大爷一心扑在他的轿子、轿号上，打从把卜姑娘从乡下接来，就没打算日后好好打发她，只把卜姑娘当做狗儿、猫儿一般对待。后来发现他和自己闺女好，就把闺女许给了他，条件是，白给卜大爷伺弄五年轿子。说这话时，卜姑娘十五，他二十二。他当时想，五年是好过的，——卜大爷当年为五乘小轿，白给马二爷抬了三年轿不说，还赔上了一只眼；他得了人家一个闺女，才搭上五年光景，值。

可谁能想到卜大爷会败呢！在巴庆达看来，卜大爷简直是个神话，咋也不该败！可卜大爷竟败了，且败得这么惨，落到了卖闺女的地步！他的好梦也跟着完了。

尽管仰着脸，泪水终还是滚了下来，顺着下巴颏往地上落。巴庆达再也无法压抑自己，抱头蹲在地上，如同受了重伤的狗，呜呜咽咽哭了起来，哭得浑身乱颤。

不知啥时，从指缝中看到了贴在地上的人影，人影细长一条，在巴庆达面前轻轻晃。巴庆达不敢放肆哭了，先是收了呜咽，继而，又用袄袖子抹去眼里和脸上的泪，才慢慢抬头去看那人。

是卜姑娘。

卜姑娘在看天上的星。

巴庆达站起来说："天冷，回屋吧。"

卜姑娘不动。

巴庆达又说："我胃又疼了，都疼出了泪……"

卜姑娘道："你得穿暖点。"

巴庆达点点头："我知道。"

旋起一阵风，"嗖嗖"啸声又起。

卜姑娘叹了口气："风真大。"

巴庆达应了句："是哩。"

卜姑娘这才回转身说："巴哥哥，咱回吧。"

巴庆达默默看了卜姑娘一眼，要回自己屋。

卜姑娘伸手把他拉住了："去我屋，我屋有火……"

巴庆达知道卜姑娘有话和他说，想去，又不敢，怕自己会当着卜姑娘的面再次哭出声，便道："明儿个再说吧，今晚我……我还得到……到王家班子跑趟龙套……"

卜姑娘问："你还有心思去跑龙套？"

巴庆达嗯了一声，道："和人家王老板说好的，得去。"

这倒不是瞎话，真是说好要去跑一趟的，戏衣都备好了，还想拉着卜姑娘一起去。卜姑娘起小就喜听戏，但凡轿号的伙计去跑龙套，她都跟着。晚上没轿可抬，伙计们就去挣碗夜宵钱，她去听白戏。

卜姑娘说："还是别去了，到我屋陪我坐坐。"

巴庆达犹豫了一下，又找借口："明儿个再陪你吧，晚上不好，你爹不许哩！"

卜姑娘一下子火了，手指戳到了他额头上："你这人真贱！不抽着你你就不上道！去，到我屋去！"

屋里燃着盆木炭火，火很旺，也好看，蓝蓝黄黄一大团。卜姑娘进屋后，先到火盆上去烤手。卜姑娘的手小小的，细细的，被火烤着，红红的，让巴庆达为之动心。心一动，巴庆达鼻子就发酸。

卜姑娘说："这世上若是还有信得过的男人，我就只信你。"

巴庆达说："我不足信。我这辈子都做不下你爹做的那些事。"

卜姑娘说："你和我爹压根儿是两种人。"

巴庆达点点头："我也想做你爹那种人，也想弄上三十六家轿号，可……可妹你知道，我没能耐，只能给人抬轿。"

卜姑娘定定地盯着他问："我若是给你三十六家轿号，你能给我守好么？"

巴庆达摇摇头："怕……怕是守不好。妹，我不能骗你，我斗不过马二爷，也缠不了麻五爷和他手下的徒子徒孙，更……更甭说官府了，我……我见了官家的人就怕……"

卜姑娘走到他面前，把烤得热乎乎的小手插到他脖领里，抚摸着他结着厚茧的肩头，轻声说："巴哥哥，其实你不软，你只是心善。我要给你三十六家轿号，你能伺弄好，一定能的……"

巴庆达讷讷道："我……我真是不行，我胆小……"

卜姑娘在捏他的肩头，一边捏，一边说："你胆不小，小时候，人家欺负我，我爹不管，都是你帮我去打架。有一回，你一人打他们俩呢，打得一头一脸血……"

眼泪禁不住落了下来，巴庆达一把把卜姑娘搂在怀里，哽咽道："那……那是为你！今儿个为你，我……我还会拼命去打……"

卜姑娘也哭了，任泪珠儿在粉脸上挂着，说："今儿个，你还是为我，你替我管着那些轿号！"

巴庆达叫了起来："我还管啥？你都要到马二爷家去了！"

卜姑娘从他怀里站起来说："你得有耐心，马二爷总要死的！"

巴庆达又说："那也用不着我管，还有你爹。"

卜姑娘道："别提他！不说我信不过他，就算我信得过他，他也不行了，我爹完了，你得记住！这话我再不愿多说了！"

巴庆达还是摇头。

那日夜晚，巴庆达根本没想过别的，只想着卜姑娘从此再不属于他了，他的世界倾覆了。在他看来，卜姑娘就是他未来的一切，没有卜姑娘，就是有三百六十家轿号，他的心也是空落落的。

巴庆达想到了私奔，一把扯住卜姑娘的手说："我……我这辈子啥都不要，只要你！跟我走，走得远远的……"

卜姑娘一怔，呆呆看着他，许久没做声。

巴庆达全身的血都涌到了脑门上，脑门红红亮亮的，"就跟王老板的戏班子走，大后天，去江南……"

卜姑娘不接话，像没听见似的，反问他："巴哥哥，你……你不喜欢咱的轿行、轿子么？"

巴庆达直愣愣地道："我不喜，只喜欢你！"

卜姑娘说："我喜欢。我要咱的轿行、轿子。我觉着，打从八岁那年上了你和仇三爷的小轿，我的命脉都和轿行、轿子搭在一起了。今天在大观道上走着轿，我就在想，真没了这些轿子，我可咋活？"

这可是巴庆达再没想到的：卜姑娘竟也这么看重轿！

巴庆达凄哀地看着卜姑娘："难道说我……我不如轿？"

卜姑娘摇摇头："这不好比。"

巴庆达非要比："我和轿，你要哪样？"

"我都要。"

23

"只能要一样。"

"我就要两样。"

巴庆达拗不下去了，长叹一声说："当初，我真不该把你从乡下抬来！"

卜姑娘点点头："这话对了，傍晚在独香亭茶楼上我就说过的。"

巴庆达眼圈红红的："你心狠……"

卜姑娘说："我心不狠，今儿个，我……我把能给你的都给你……"

巴庆达不知道卜姑娘还能给他啥，瞅着卜姑娘，呆猴似的。

卜姑娘见他这么痴，就把身上的绿缎袄先脱了，又把裹在乳上的红绸抹胸布解了，露出鼓涨着的双乳。他这才明白了，卜姑娘要把自己身子给他。

这是他多少年来朝思暮想的。想象中的这时刻，是在洞房花烛的夜里，是在一个迎娶的隆重仪式完成之后，不是在这里，不是像这样偷偷摸摸的。卜姑娘是他心中的神，他得把她迎进门，像供物一样敬奉在身边。

巴庆达身子不由地向后退着，连连说："不，不，妹，别这样……"

卜姑娘说："我……我要，巴哥哥，你得听我的！"

巴庆达心很慌："以后……以后，我要是……要是，能娶了你，再……再这样……"

卜姑娘泪水直流："我要你的儿！懂不懂！你的儿将来就是咱三十六家轿号的少东家！"

巴庆达这才怯怯地过去，轻轻地抱住了卜姑娘，就像抱住了一只金贵易碎的花瓶。卜姑娘却不管这些，两只手死死搂住他，还用牙咬他的肩，喉咙深处发出浓重的喘息，这让他多多少少动了情，也有了些想要的意思……

然而，终是不行，把卜姑娘的衣服全脱了，搂着钻进被里，马上嗅到了枕上、被头的香气，心中的卜姑娘又成了神，仿佛那香气不是脂粉味道，倒是施主供奉的香火，总觉着自己是在亵渎神灵。

失败感山也似地压来，巴庆达俯在卜姑娘赤裸的身上哭了，一边哭，一边狠抽自己嘴巴："我……我不行，干……干啥都不行……"

卜姑娘安慰说："你行的，肯定行，从今往后，你夜夜来，我给你留门，直……直到有了你的骨血……"

　　这当儿，正房响起了卜大爷一声高似一声的叫唤："妮儿，妮儿……"

　　卜姑娘从床上探起身，一下将油灯的灯火吹灭了。

　　卜大爷还在唤："妮儿，我看见小巴子了，你叫小巴子出来……"

　　巴庆达有些怕，再顾不得哭，想往起爬。

　　卜姑娘一把把他拉住了："别走，就让他拖着断腿爬过来看！"

　　这夜，卜大爷高低没爬过来看，巴庆达也在夜过五更、卜守茹睡熟之后悄悄溜走了，走时拿了卜守茹解下的那条红绸抹胸布。

　　这是卜守茹万万没想到的。

　　天亮以后，卜守茹呆呆坐在床上，心里空荡荡的。后来她突然意识到了点啥，忙不迭地披衣服下床，趿着鞋跌跌撞撞往门外跑。在院子里扫地的仇三爷，见了她，没头没尾地说了句："走了，连铺盖都带走了。"卜守茹仍不甘心，三脚两步出了院门，站在院门口的青石台阶上痴痴地向街面上张望……

五

于是有了开春那场载入石城史册的大迎聘和大出聘。

《石翁斋年事录》载得清楚:"时阳春三月,六礼已成,吉期择定矣。相恨相仇之轿业大户马卜二家,复划定行轿区域,结秦晋之好。东西城八十又二家轿号歇业事聘,动辇舆千乘,致万人空巷,惊官动府,实为本城百年未睹之奇事也。"

此一奇事构成了卜守茹生命历程中的重要景观。卜守茹在后来的岁月里常常忆起奇事发生那日的情形,觉着那日的一切值得她用一生的时光去玩味。

迎聘的各式轿子塞满门前的刘举人街,马二爷特为她订做的八抬大红缎子的花轿进了门,喇叭匠子、礼仪执事站了一院子,鼓号齐鸣,场面颇有几分像打仗。

麻五爷算是大媒,极早便坐着蓝呢大轿来了,带着徒子徒孙几十口子,闹腾得整条刘举人街沸沸扬扬,后来,又到卜守茹房里闹,还捏了卜守茹的手。

卜守茹知道麻五爷的歪心。这无赖两家来回跑着撮合这门亲事时,就想占她的便宜。卜守茹既恼又怕,就一边让人绞脸、梳妆,一边强笑着对麻五爷说:"五爷,你得放尊重点,这是我娘家,你不但是大媒,也算是我娘家人哩!"

麻五爷涎着脸皮说:"咱还没说定呢,我算你娘家啥人?"

卜守茹说:"算个娘家叔吧!"

麻五爷乐了:"嘿,你卜姑娘抬举!"说着,又用骨节暴突的手去摸卜守茹的脸。

卜守茹实是无可忍耐，把麻五爷的手拨开了，正色道："做叔就得有个叔的样子！"

麻五爷却说："哟，娘家叔摸摸自己侄女的脸就没样子了？啥话呀！"又"嘿嘿"干笑着说，"马二那老小子不好对付，日后你这妮用着叔的地方多着呢！"

卜守茹敷衍道："那是，往后或许要叨扰你。这门亲事你给我做了主，我就仗着你了……"

麻五爷哈哈大笑："这就对了！从今往后有啥事，你只管找五爷我！"

父亲那当儿是郁闷的，脸面上却做出欢喜的样子，陪着马二爷派来的娶亲太太说话、喝茶，还时不时地用独眼向里屋看，卜守茹弄不清他是想把自己的亲闺女多留一会儿，还是想把亲闺女早点打发走？

马二爷倒是信守了承诺，把原想在石城大观道以西设置轿号的主意打消了，请麻五爷和几个头面人物做中人，和父亲言明：六礼成就之后第三日，闺女回门，西城三十六家轿号重新开张。

卜守茹因之便想，父亲大约是想她早走的，他肯定已在想他即将开张的轿号了……

自然，这日卜守茹也挂记着巴哥哥。

巴哥哥那夜走后再没来过，死活不知。卜守茹算着巴哥哥今日会来，哪怕为见她一眼也会来的。因而，才一直拖着，等着，和麻五爷有一搭没一搭地扯着，全然不顾父亲和马家迎亲主仆的不快，还老向门外瞅。待得临近中午，实是无了指望，才走出屋，到得正堂，面对瘫坐在太师椅上的父亲，木然磕了头，起身上了八抬红缎大花轿。

大花轿在炮仗鼓乐声中轻起，城堡也似的沿刘举人街，上天清路，绕大观道，一路东去。花轿最前面，有金瓜钺斧朝天镫，飞虎旗，还有借来助势的红底黑字的肃静回避牌。其后四锣开道，四号奏鸣，十六面大鼓敲响。鼓队后是唢呐队，唢呐队中不仅有唢呐，还有笙笛和九音锣。然后是两对掌扇，两对红伞，最后才是卜守茹乘的轿子。

喧天的鼓号声震颤着石城腐臭的空气，也吵得卜守茹耳朵疼。卜守茹便想起了八岁进城时的那乘冷清的孤轿。那是小轿，两人抬，前面是巴哥哥，后面是仇三爷。仇三爷老扯着嗓子唱《迎轿入洞房》，没头没尾。仇三爷不唱时，便很静，只有轿杠响，脚步响，还有耳边的风声。风是从山塝上吹来的，带着花香味。小轿没遮拦，四处看得清，远地是山，是水，近前是巴哥哥的背。巴哥哥抬轿抬得热，把小褂搭在肩上，光着背……

更惦念巴哥哥了，还在心里恨恨地骂，骂巴哥哥没良心。巴哥哥的家就在山后，她知道。巴哥哥说过，娶她时，一定回山后，让山后的父老族人都见见她。她当时还不愿呢，说："又不是耍猴，有啥好看的？！"现在，真想到山后，和巴哥哥一起去，让巴哥哥拥着她。

到了马家，临和马二爷拜天地了，卜守茹还想，这时候只要巴哥哥来，她就横下心，不要轿号、轿子，只要个巴哥哥，和巴哥哥生生死死在一起，再不分开。

巴哥哥没来。

卜守茹这才死了心，和马二爷拜了天地，喝了过门酒，当晚，又被马二爷扯着见了马二爷的原配夫人马周氏。马周氏老得没个人样，坐都坐不稳，还咳个不休。卜守茹看她时，就估摸她活不长了。果不其然，后来一年不到，马周氏就死了，死于痨病。

和卜大爷一样，马二爷也膝下无子，大婆子生下两个闺女，都出阁了；三年前和管家私奔的二婆子连闺女也没生出来，马二爷没入洞房便瞅空急切地和卜守茹说，要卜守茹给他生个儿。

卜守茹嘴上没说，心里在想，她才不呢，她只给巴哥哥生儿。然而，这一夜她却将属于马二爷，她的亲爹将她卖给了这个糟老头！躺在马二爷的铜架床上，卜守茹心里揪揪的，直想哭。

洞房之夜更让卜守茹恶心。拖着花白小辫的马二爷，穿着衣服还有几分人样，衣服一脱，整个像条癞狗。那东西就像他的小辫一样不经事，弄了大半晌也没能破了她的身，却又不放她去睡，狗似的在她身上拱来拱去，还喘个不息。

她真想一把把他推开，可手臂却沉得抬不起来。她紧闭着双目，死死咬住牙关，她觉着自己的心在滴血。

对马二爷的痛恶，更激起对其父强烈的憎恨，卜守茹那当儿就打定主意，要让爹和马二爷都输个干净。

次日夜，卜守茹强打起精神，一边麻木地应付着老而无用的马二爷，一边和马二爷谈开了价，要马二爷给她十家轿号。

马二爷俯在她肚皮上，仰着个干瘪的脑袋问："我供你吃，供你喝，你还要轿号干啥？"

卜守茹说："赚我的私房钱。"

马二爷哼了一声："你别想骗我，你是想帮你爹。我十家轿号给了你，就是给了你爹……"

卜守茹格格疯笑起来，笑出了泪："能把我聘给你做小，那爹还叫爹么？我会去帮他？就是你去帮他，我也不会帮的。"

马二爷疑道："不帮他，你咋就愿进我的门？"

卜守茹收了脸上的笑："进你的门是为我自个儿，城西那三十六家轿号不是他的，是我的！是我卖给你的身价！你听明白了么？回门那日，我就把这乡巴佬送回乡下去，这城里没他的事做了！"

马二爷大惊，惊后便喜，两只鸡爪似的手搭在她胸上捏摸着，连连道："好，好，你要真能这么着，我……我给你十五家轿号！"

卜守茹笑了："那就说定了。"

马二爷想想又不放心："你……你不会骗我吧？"

卜守茹道："我骗你做啥？！只不过你也得想清楚了，答应给我十五家轿号会悔么？我可是要让麻五爷做干证的。"

马二爷说："我悔啥？你人都进了马家的门，你的还不都是我的？！这一来全城的轿号就都在咱手上了。

卜守茹道："这你错了！我的就是我的，和马家没关系！"

马二爷说："别扯了，你一个女人家，能管好那么多轿号？"

29

卜守茹道:"你别忘了,我是在轿号长大的!我自己能管,也能让仇三爷替我管着。"

马二爷起哈哈:"算了,就我给你管着吧,仇三爷终是外人,靠不住的,你姑奶奶只等着使银子就是……"卜守茹一口回绝:"我的就是我的,我宁肯不要你答应的十五家轿号,也不容你管我的事,你要想给我使坏,别怨我和你拼命!为轿号,我……我是敢拼命的!你得清楚!"

马二爷这才知道卜守茹是认真的,想了半天,终于同意了。

卜守茹又追问:"那十五家轿号你还给不给?"

马二爷不好说不给,只道:"这事我……我再想想吧!"

卜守茹起身吹灭了灯,背对着马二爷说:"你好生想吧,我困了,想通了就别悔,我最讨厌大老爷们说话不作数。"

马二爷不想睡,又呼呼喘着往卜守茹身上爬。

卜守茹狠命把马二爷往身下推,差点把马二爷推下了床。

马二爷一辈子睡过的女人多了,哪见过这事?火透了,掐着卜守茹的大腿根骂:"你这贱货!你爹都不是爷的对手,你还想用你那臭×治爷?做梦!"

卜守茹也抓住马二爷的腿根叫:"老王八,我不治你,你来呀,你可有那本事呀!"

马二爷被抓得很疼,先松了手,卜守茹才松了手。

都裸着身子,相互提防着,又僵了好一会儿,马二爷才软了,先是尴尬地笑,继而又吭吭呛呛说是前世欠了卜守茹的孽债,——从未臣服过任何女人的马二爷,在他六十二岁时臣服了卜守茹,当场立了字据,把观前街的六家轿号,和分布于状元胡同一带的九家轿号作为私房钱的来源,一并送给了卜守茹。

这十五家轿号是卜大爷靠阴谋和蛮力都没得到的。

抓着那张字据,躺在床上承受着马二爷无能的蹂躏,卜守茹泪水直流,浸湿了绣花枕头。

六

卜大爷有了不祥的预感，三天来心总慌慌的。

闺女卜守茹出门子那日，原以为要有场痛快淋漓的哭闹，却没有，卜大爷便觉着怪。卜守茹走后，卜大爷要和仇三爷商量重开西城三十六家轿号的事，仇三爷又是一副很踌躇的样子，就更让卜大爷起疑了。他先还以为仇三爷的踌躇是因信不过马二爷的承诺，便说，马二爷虽道不是东西，说话却是作数的。卜大爷要仇三爷把三十六家轿号的轿头管事都招来，一起合计合计，仇三爷这才说，还是先别急，待卜姑娘回门后一块合计吧！

这是啥话？卜大爷想，他的轿号和闺女有啥关系？

没想到还真有关系，且是大关系！他卜永安自己作孽，亲生闺女趁火打劫，把他这个当爹的卖了！仇三爷、麻五爷，可能还有马二爷，都参与了这场惨绝的扼杀，里里外外只瞒着挨杀的他。

回门时，院门口再次落下许多轿，有卜守茹从马家带来的，有麻五爷和麻五爷手下弟兄的，还有一乘八人抬的绿呢官轿，是空的，——麻五爷进门就指着绿呢官轿吹：这可是好轿！连知府邓老大人都不摊坐的，他五爷一则有面子，二则又花了大价钱，才从退隐的巡抚大人府上借下了。

卜大爷问："借来干啥？"

麻五爷大大咧咧说："干啥？给你老哥坐呀！你家卜守茹那真叫孝敬！昨儿个就和我说了，你为轿子苦了十八年，身子骨全毁了，回乡咋着也得有一乘风光的好轿！卜大爷，我可是真妒嫉你呢，有这么好个闺女。"

卜大爷傻了眼，坐在堂屋太师椅上直着嗓子叫："谁……谁说我要回……回乡？谁说的？"

卜守茹走到近前，冷面看着卜大爷："爹，我说的。我还对五爷说了，你老这么累着，我做闺女的于心不忍，这西城三十六家轿号我就管了，你只管到乡下歇着享清福吧！"

卜大爷身子动着，手直颤："妮儿，你……你可还是我的妮儿？"

卜守茹说："这叫啥话？我咋不是你的妮儿呢？你对我的好处，咱石城八十二家轿号的人谁不知道？不因着你是我爹，我能让五爷费神弄这绿呢大轿？爹，你不是不知道，当皇上的命官也得当到五品才能坐这绿呢轿呢！"

卜大爷抓起八仙桌上的茶壶朝卜守茹摔过去："你……你这贱货，你是要我死！"

卜守茹身子一闪，躲过了，茶壶在卜守茹脚下碎了，壶里有茶水，湿了地，也湿了卜守茹的粉红绣花鞋。卜守茹抬起脚，用绢帕揩着沾在鞋面上的茶叶片儿，又抬头瞅着卜大爷说："爹，你真是不识好歹，你想想，我这么着不是为你好么？你今儿个败了能卖我，明儿个再败了可咋办呢？你可再没闺女卖了……"

卜大爷吼道："老子不会再败了，不会！"

麻五爷插上来说："卜大爷，话不好这么讲，不说你这人已是废了，不能再伺弄轿子，就算你没废，也不好说这大话的！"

卜大爷冲着麻五爷眼一瞪："你他娘少管闲事！"

麻五爷笑了："我本不愿管，偏是你找我管的！现在呢，你不让我管也不行了，我替卜姑娘做了主，就得管到底。我看了，你这闺女还就是比你这独眼龙强，有心计，也有能耐呢，五爷我都服气，你还不服？"

卜守茹道："五爷，回乡下享福是好事，我爹知道的，你可别说这种话气我爹！"旋又对卜大爷说，"爹，打从我落生，你可是没回过家哩，我娘死时你没回，接我时也没回，只派了我巴哥哥和仇三爷。今儿个，你也该回了，看看我娘的坟，给我娘烧点纸，啊？"

卜大爷到这地步了，还心存妄想，凄惶地看着卜守茹说："妮儿，我……我当着大家的面说清，我……我把轿号都给你，你别让我走，允我留在城里帮你的忙……"

卜守茹摇头道："不必了，仇三爷会替我照管轿号的，他有腿，你没有……"

卜大爷问仇三爷："你能照看好西城三十六家轿号？"

仇三爷不敢看卜大爷，低着头说："我……我不知道，卜姑娘让我管，我就得管，好歹都是你们卜家的人。"

卜大爷独眼里流出了泪："好，好，你们早把圈套做好了，我知道。我……我不说别的了，只一条，你们让我留下来，任啥不管，让我能天天看到那些轿，成么？"

仇三爷瞥了卜守茹一眼，对卜大爷说："这……这得问卜姑娘……"

卜大爷便对卜守茹道："妮儿，你说句话！"

卜守茹一声不吭。

卜大爷这才知道自己完了，得带着他的一只独眼、两条断腿还乡了，他在城里十八年的拼杀至此完结。而造成今日这局面的正是他自己，他生下了卜守茹这么个孽障，又主动把这孽障聘给了马二爷，极完整地铺排了自己的全面失败，连一点余地都没给自己留！

伴着一声绝望的嚎叫，卜大爷身子一挺，把八仙桌推开，冲着卜守茹扑了过去。

然而，今日的卜大爷已不是往日的卜大爷，那个用大脚板踩着麻石道和人拼命的卜大爷已不复存在，卜大爷的两条腿再也不能牢牢站在地上了，离开太师椅，卜大爷便轰然一声栽倒在方砖铺就的地上。

卜大爷倒在地上拖着鼻涕挂着眼泪骂："卜守茹，你这个贱货！老子只要还剩一口气就……就和你没完！老子要把你，把……把……马二都宰了！都宰了……"

卜守茹不动气，看着卜大爷说："爹，你咋骂也还是我爹，你不仁我得义；你不养我的小，我得养你的老。天不早了，咱得起轿了……"

卜大爷像没听见，直挺挺睡在地上，泼妇似的喊："……都来看哟，这就是养闺女的报应！闺女就是这么丧送她爹的啊……"

卜守茹这才火了，脚一跺，叫道："你也闹得太不像话了！"转而又对麻五爷说："五爷，快把我爹抬进轿去！"

麻五爷手一挥，院里站着的人过来两个，和麻五爷并卜守茹一起，硬把卜大爷架上了绿呢大轿。

卜大爷被扔进轿里了，还在骂，骂闺女，骂马二爷，也骂麻五爷和仇三爷。麻五爷被骂得心烦，就找了团裹脚的破布，要把卜大爷的嘴堵起来。卜守茹不让，说是挺好的事，别弄糟了。

起轿前，卜守茹张罗着一路上要带的东西，——去一趟就八十里地，吃的、用的都需不少，还有必不可少的盘缠。

正收拾着，卜大爷那边又出了鬼，这瘫子从轿里爬了出来，独眼亮得吓人，还狼一般地吼，说是要去见马二爷。麻五爷和仇三爷两人都按不住。

麻五爷说："卜姑娘，得捆哩，嘴也得堵上，要不走在路上太招眼。"

卜守茹迟疑了一下，道："……手脖上缠点布片，别勒疼了他。还有堵嘴的物什得干净……"

麻五爷和手下的人找来麻绳和布，把卜大爷捆了，又给卜大爷堵了嘴，再次把卜大爷塞进轿里。

卜守茹待麻五爷弄好了，才撩着轿帘对卜大爷说："爹，你可别恨我，我这也是没办法！我不能让你再呆在城里给我丢人现眼了！"

卜大爷被捆得肉粽子似的，嘴上又塞着布，啥也说不出，只能用那只独眼狠狠盯着闺女看。

卜大爷的眼光中充满疯狂和仇恨，让卜守茹至死难忘。

这时，又发生了一桩意外的事。

临走了，偏有人来找麻五爷，还带了个秀才模样的人来，秀才很年轻，手臂上有伤，不像跌破的，倒像洋枪打的。秀才要出城，说是绿营的官兵在追他。麻五爷便找卜守茹商量，让那秀才坐卜守茹的花轿出城。

卜守茹问:"那秀才是啥人?"

麻五爷支支吾吾不说。

卜守茹道:"你不说,咱就不带,一个爹已够我烦的了!"

麻五爷迫于无奈,才说:"这人是革命党,到咱城里运动刘协统的新军起事,被发现了,咱不救他,他就险了,闹不好得掉脑袋!"又说:"卜姑娘,你别怕,革命党的人我见得多了,并不都是奸人哩!"

卜守茹知道麻五爷的世面大,和啥人都有瓜葛,日后正好能帮她做事,便说:"我才不怕呢,举凡你五爷信得过的人,我自是信得过。"

那日是和革命党同坐着一乘四抬轿子出城的,革命党靠着轿子的左侧,卜守茹靠着轿子右侧;卜守茹盯着革命党看,革命党也盯着卜守茹看。这一来,卜守茹的心就慌慌的,不是怕被官府发现,而是怕自己会鬼使神差跟革命党走,——那革命党是在官府缉拿告示上见到过,很像巴哥哥,只是比巴哥哥文弱一些。

革命党在轿子里说,南洋各处的革命党已纷纷起义,满人的朝廷长不了了。卜守茹点点头没做声,更没敢多打听。那当儿,卜守茹不知道这话对她未来生命的意义,只觉着这个革命党怪大胆的,敢说满人的朝廷长不了,听完也就忘了。

轿子出城二里,到了大禹山山腰上,革命党下了轿,和麻五爷拱手道别,卜守茹才想到:她的巴哥哥哪儿去了?会不会也投了革命党?巴哥哥若是投革命党,是不是也要这般东躲西藏?

再上轿时,石城已被抛在身后了,回首望去一派朦胧,可卜守茹分明从那朦胧中看到了纵横交错、高高低低的麻石街路,那是父亲用血肉栽种过的庄稼地,如今轮到她来栽种了,她认定她能种好,能在那麻石街路上收获自己和父亲的双份成功。

七

革命说来就来了，来得迅猛且嚣张。约摸大半年后，驻在石城的新军第八协马标、步标官兵两千口子，在协统刘家昌的带领下，打着灭满兴汉的旗号突然举事，炮轰绿营官兵据守的江防会办府。会办府告急，城外巡防营的钱管带奉命带巡防营官兵前来增援，似乎是要挽狂澜于既倒的。殊不料，钱管带进城后不打新军的刘协统，偏立马输诚革命，专打绿营。会办大人和知府衙门的邓老大人这才慌了，带着几百口子绿营残兵渡江逃跑，邓老大人不慎跌入江中淹死，石城遂告光复。

这便换了朝代，进了民国。

革命党转眼间满街都是，就连麻五爷和他的帮门弟兄也成了革命党，一个个神气活现的，到处剪男人的辫子。马二爷和城中绅者被弄得目瞪口呆，咋也不信大清就这么完了，硬是不剪辫子，麻五爷就不厌其烦，一一来收小辫保护费，还交待马二爷们把辫子盘起来，以免人头落地。麻五爷说，大明换大清时，是留发不留头，留头不留发；眼下光复了，大清换了民国，汉人又得了江山，就改了规矩，留辫不留头，留头不留辫。

马二爷先因着惯常依靠的邓老大人的溺死，后又因着时常要交的保护费，对革命恨意日增，做梦都梦着大清皇上重坐龙廷。恨意绵绵之中，马二爷不止一次对卜守茹说过，革命就是谋反，革命党没一个好东西，像那麻五爷，将来是一定要被满门抄斩的，马家即使就此败落，也不好和麻五爷再来往。

卜守茹但凡听到马二爷这么说，总是一笑置之，不予理会。心里却认定马二爷荒唐，身为一介草民，却要为没有皇上的大清做忠臣，实能让人笑掉大牙，就冲着这份荒唐，马二爷作为打天下的男人的一生也算完了。

革命没有掀去石城的麻石路，麻石路上依旧行着红红绿绿的轿子。做了民国镇守使的刘协统，仍是和前清的邓老大人一样钟爱轿子，说满街行着的轿子是石城一景，是地方安定的表征。卜守茹便想，这革命有啥不好呢？革命革掉了马二爷们的小辫，并没革掉轿号、轿子，她自得拥戴革命，退一步说，就算不拥戴，也不好反对的，冲着钟爱轿子的刘镇守使，也不好反对。

尽管如此，卜守茹却并没想过要利用革命首领刘镇守使去扩张自己的地盘。嗣后卜守茹和刘镇守使的结识，并非刻意钻营的结果，而是刘镇守使找上门来的。

刘镇守使做大清协统时就听说过卜守茹的芳名和传闻，知道卜守茹虽出身寒微，却颇有些姿色，以妾身进了马家，却又生性孤傲，敢和马家分庭抗礼，就想见见。说来也巧，恰在这年秋里，刘镇守使老父死了，刘镇守使要大办丧事，这就有了机缘。云福寺和尚福缘法师说，丧事由马记老号承办才好，马记老号最会办丧事，轿夫使轿平稳，过世老大人不会受惊，将军和后人才能更发达。刘镇守使偏不睬，亲点了卜家新号，且要卜守茹前来镇守使署面商。

这是石城光复第三年春里，刘镇守使升了中将师长以后的事。

那年春里极是反常，时令刚过春分，天就意外地暖了起来，夹衣都穿不住，卜守茹是着一身素旗袍，系一袭红斗篷，到镇守使署去的，坐的是四抬方顶蓝呢轿。麻五爷也一同去了，坐一乘小轿。一路上有许多帮门的弟兄跟着，前呼后拥，甚是热闹，引得许多行人驻足观望。

因着头一回去见刘镇守使，卜守茹心里惴惴的，极怕有何不妥，坏了自己和刘镇守使的这笔大买卖。刘镇守使刚升了师长，正是春风得意时，老父的丧事自要有一番大排场的，粗算一下，动上千乘轿，以每乘轿子八百文计，就有不少银子好赚。事情若是办得好，丧家总还有赏。更重要的是，刘镇守使家的丧事办好了，新号的牌子也就跟着响了，马记老号包揽全城丧事的局面就会因此改观。

心里不安，就觉着路短，转眼到得东城老街上，离镇守使署只里把路了，更觉着不踏实，卜守茹便让轿落了，进了一家棺材铺，说是去看棺木，实是为了静自己的心。在铺里转了一圈，又掏出一面小镜子身前身后照了照，认定自己还算利索，才又上了轿。

上轿后，仍免不了左思右想，这一来便发现了新问题：担心麻五爷和麻五爷的弟兄在镇守使署出丑，坏了大事，又在老街街口停了轿，吩咐麻五爷和麻五爷的弟兄回去。麻五爷不愿，说是一起见刘镇守使最好，一人说不清的事，两人自能说得清。那当儿，卜守茹为了自己的轿子轿号，和麻五爷的关系已非同一般，进了麻五爷的帮门，做了挂名的二掌门不说，还和麻五爷生了个儿子，取名天赐，——自然，天赐是让马家养着的。卜守茹知道麻五爷要陪她去见刘镇守使是一番好心，可咋看咋觉着五爷和他的弟兄不顺眼，就板起粉脸坚持要麻五爷回去。麻五爷虽说不甚高兴，还是听了卜守茹劝，回去了。

卜守茹记得清楚，四抬蓝呢轿飘进镇守使署时是傍晚，夕阳的白光映在门口兵士的枪上和脸上，使得兵士和枪更显威严。紧张自不必说，几个兵士枪一横，喝令卜守茹下轿时，卜守茹心跳得实是狂乱。好在兵士还客气，得知卜守茹是奉刘镇守使之命来见，枪放下了，其中一个兵引着卜守茹去见了刘镇守使。

刘镇守使那日很威武，穿一身笔挺的军装，腰间斜挎着把带红穗的大洋刀。卜守茹进门时，刘镇守使正和一个当官的说话，一边说，一边来回走动，马靴踩出咔咔的响声。见卜守茹进来，刘镇守使愣了一下，把那当官的打发走了，要卜守茹坐，还让手下的兵拿了点心，沏了茶。

双双坐下后，刘镇守使盯着卜守茹看了好半天，说的第一句话是："你真俊。"

卜守茹心里慌，又想掩饰，就半个身子倚坐在椅子上，偏头看着刘镇守使，露出一排碎玉似的牙齿笑，后又端起茶杯，用拇指和食指捏着茶杯盖，撩拨水面上的茶叶片儿。

刘镇守使又说："怪不得咱石城的轿这么好，却原来是有你这么个俊女子在弄轿呀！"

卜守茹记挂着将要开张的大生意，便道："城里的轿也不是我一人在弄，还有马家老号呢！往日城里的丧事都是马家老号包办的。这回将军看得起我，我自得替将军把事办好，也不辜负将军的抬举……"

刘镇守使手一摆，极和气地说："抬举啥呀？！我只是想见见你。早就听说过你的事了，总觉着奇。咋想咋奇。女人弄轿奇，弄出名堂更奇，做了人家的小妾，偏又在一户门里和人家对着弄就益发奇了。"

卜守茹见刘镇守使很随和，心中的紧张消退了些，抬头瞅了刘镇守使一眼，笑道："才不奇呢！我爹弄了十八年轿，我是起小在轿行长大的，不弄轿还能弄啥？难不成也像将军你似的，去弄枪？"

刘镇守使也笑，边笑边摇头："轿和枪都不是女人弄的。"

卜守茹柳眉一扬："谁说不是？我不就弄到今日了么？"

刘镇守使道："所以我说你是奇女子嘛！你志趣实是不凡，敢破陈规，敢反常情，真少见哩。"

卜守茹说："反啥常情？我才没想过呢！我要像将军你说的那样敢反这反那，还不早把马二宰了！"

刘镇守使哈哈大笑："能被你这俊女子宰了也是福分！有道是'石榴裙下死，做鬼也风流'嘛！"

卜守茹嘴一噘："其实我不敢。"

刘镇守使问："是怕我治你的罪么？"

卜守茹道："你不治我的罪我也不敢。"

刘镇守使说："你终是女人，心还是善的。"

卜守茹辩道："也不算善，谁欺我，我也会去斗。"言毕，又瞅着刘镇守使说了句，"你是将军，武艺一定好，赶明儿，你教我两手，碰到谁敢欺我，我就去揍他。"

刘镇守使大笑道："我可不敢，你要真会了两手，只怕我这做师傅的先要被你揍呢！"

卜守茹连连摆着手："不揍你，不揍你，你别怕。"

刘镇守使益发乐不可支："倒好像我真怕了你似的！"又说："我真想不出你这俊女子打架时是啥模样……"

屋里的气氛渐渐变得再无拘束，二人不像初次见面，倒像相识了多年的老友似的。尤其是刘镇守使，连请卜守茹来的初衷都忘了，只一味和卜守茹说笑调情，卜守茹几次谈到丧事的安排，刘镇守使马上岔开，只说改日再谈，卜守茹也就不好勉强了。

不知不觉天黑了下来，刘镇守使兴致仍高，要卜守茹留下陪他喝酒。卜守茹那当儿已看出了刘镇守使眼光中露出的意思，知道自己是推不了的，就爽快地答应了。

喝酒时，刘镇守使已不老实了，又夸卜守茹俊，说是相见恨晚，说着说着，手就往卜守茹身上摸。

卜守茹说："要是会两手，这会儿就用上了。"

刘镇守使笑道："那也没用，我还有枪呢。"

卜守茹把刘镇守使一把推开："那你快去拿！"

刘镇守使只一怔，手又摸了上来："我拿枪干啥？不把你吓坏了！"

卜守茹道："你真敢拿枪对着我，我就和你拼！"

刘镇守使讨好说："我拿枪来也是给你的，你烦了就毙我。"

卜守茹哼了一声："真的？"

刘镇守使真就把枪掏了出来："给你，你打吧，我说过的，石榴裙下死，做鬼也风流。"

卜守茹接过枪看了看，放下了："你是假英雄，你知道我不敢杀人。"

刘镇守使笑道："不是不敢，怕是不忍吧！"

卜守茹没做声。

这晚的酒喝得漫长，刘镇守使尽管动手动脚，却总还算有些规矩，也体抚人，因卜守茹身上正来着，便没和卜守茹做那事。这是与麻五爷不同的，麻五爷蛮，想做便做，才不管来不来呢。刘镇守使不这样，就给卜守茹多少留下了好感。

40

因着那份好感，卜守茹在为刘镇守使的父亲做完丧事后，又应刘镇守使之邀，到镇守使署来了，陪刘镇守使喝酒谈天。听刘镇守使谈，自己也谈，谈到在麻石道上的父亲，谈老而无用的马二爷，谈到伤心处还落了泪。卜守茹一落泪，刘镇守使便难过。刘镇守使文武双全，自比岳武穆，某一日难过之余，为卜守茹做诗一首，号称《新长恨歌》，歌曰：

夜月楼台满，石城桃面多。
世人皆梦寝，娥娘轿已过。
凄然声声叹，哀颜粉黛落。
含恨为人妾，花季徒蹉跎。
移情千乘轿，傲唱大风歌。
满目蓬蒿遍，春风吹野火。
辛亥风云起，义旗换山河。
我拔三尺剑，尽斩天下错。
还尔自由身，红妆一巾帼。
相伴常相忆，一笑抿逝波……

刘镇守使在诗中说得明白，卜守茹做马二爷的妾是天下大错之一，刘镇守使是要挥剑斩之的。还有一点，刘镇守使也说得清楚，刘镇守使是想和卜守茹相伴常相忆的。在刘镇守使看来，卜守茹做他的妾还差不多，做马二爷的妾就委屈了。刘镇守使是革命功臣，民国新贵，年岁也不大，比马二爷小了十几岁，才五十二，讨卜守茹做个四姨太正合适。

卜守茹却不愿和刘镇守使常伴常相忆，她既不想得罪麻五爷惹来地面上的麻烦，也不想得罪马二爷落不到家产。打从巴哥哥出走后，她的心早死了，惟有轿号、轿子，才使她活得有滋味。就算对刘镇守使有些许好感，也还是不愿被刘镇守使套上的。

次日，卜守茹便让仇三爷花了两斗米的价钱找了个老秀才来，要老秀才以她的口气拟首诗回刘镇守使。诗是拟在一方绢帕上的，诗道：

> 奴家行轿如行舟，门前水长看鱼游。
> 当窗莫晾西风网，惟恐贵人悯悲愁。
> 姻缘前世皆有定，长剑三尺难斩秋。
> 纵然春光无限好，武穆亦当觅封侯。

接了卜守茹的诗绢，刘镇守使偏就益发地魂不守舍了，四下里对人说，这卜姑娘不但俊气，有那立世的大本事，也有学养哩，诗做得好着呢。

刘镇守使身边的老师爷却说："诗的意思是好，只是不合辙。"旋即摇头晃脑，诵起了"平平仄仄仄平平，仄仄平平平仄仄"的辙律。

刘镇守使脸皮挂落下来，说："你这是迂腐，卜姑娘的诗好就好在破了辙，卜姑娘不同凡响之处，就在于敢破陈规，敢反常情，我就喜她这点！她若是做了我的四姨太，我就叫她专教我那七个娃儿做这种破了辙的诗。"

过了没几日，刘镇守使又做了一首诗送卜守茹，是派自己的副官长送去的，诗道：

> 一巷寒烟锁碧流，武穆无心觅封侯。
> 但求娥娘总相伴，月照双影酒家楼。
> 不见旗飘山川上，英魂云桥古渡头。
> 汉业已随春色改，当年燕赵几悲秋？

这么一来，卜守茹便难了，就是不想和刘镇守使好也不成了。刘镇守使宁可不封侯，也要和她月照双影长相守，这番情义令她感动。又知道刘镇守使就是当年的邓老大人，是一城之主，能让她发，也能让她败。于是，就和刘镇守使说，明里的妾是不能做的，马二爷年岁已大，大婆子又死了，自己一走，就要了老东西的命，要遭人唾骂的。若是刘镇守使不嫌弃，倒可以做个暗中的妾，也不负刘镇守使这一番知冷知暖的抬爱。

刘镇守使不好相强，便应许了，且赌咒发誓说，他这辈子真正中意的女子只有卜守茹，再无别人。还说要把四姨太的位置永久地给卜守茹留着，从此再不纳妾。嗣后，隔三差五把卜守茹请了去，吃酒、听堂会，也时常做一些男欢女爱的事情。

刘镇守使脱下军装一上床，就不是岳武穆了，一点文治武功显不出，还有狐臭。卜守茹都忍着，且做出很高兴的样子，时常夸赞刘镇守使好功夫。诗却做不出了，在床上和刘镇守使说了实话，是请人做的，花了两斗米钱。刘镇守使便笑，说是那诗才值两斗米钱？真是便宜，还说要把写诗的老秀才请来见见。

刘镇守使是真心喜欢卜守茹的，为了来往方便，认卜守茹做了干女儿，给卜守茹的轿行起了新名号，唤作"万乘兴"，亲笔题写了招旗、匾额，还为"万乘兴"赋诗一首：

麻石古道万乘兴，缥缈如舟梦里行。
为客不惧山川远，舆轿如烟遍春城。

卜守茹便把刘镇守使的诗狗肉幌子一般裱挂起来，一下子包揽了官家动轿的差事，和民间大部的红白喜事。云福寺和尚福缘法师，原只认马二爷说话，举凡云福寺做佛事，都让施主用马记老号的轿，这一看刘镇守使抬举卜守茹，也就变了，要施主用"万乘兴"的轿，让"万乘兴"包办丧事。

生意越来越好，卜守茹就不断更新轿子，还为轿夫们置了蓝布红边的新轿衣，轿衣后背上"万乘兴"三个大红字，就像一团团火，烧得马二爷的三十多家老号自惭形秽，再不敢有非分之想。"万乘兴"的轿子货色新，坐位也宽大、舒适，就是不讲刘镇守使的面子，城里人也都愿坐。而马二爷则日渐衰老，一门心思也不在轿上了，马记老号轿子烂了无钱维修，号衣破了无钱添置，呈现出一派败相，在很长一段时间里只能抬抬散客。后来许多轿夫干脆甩了老号，都奔"万乘兴"去了。

八

"万乘兴"总号在刘举人街的卜家老宅,除了飘忽于半空中的一面招旗和门楼上的一块匾额是新的,其余皆是旧的。前院的正房和东西厢房仍保持着十年前的老模样,就连窗棂也还是纸糊的,夏日的一场大雨过后,总要稍进些雨水,房里依然是黑洞洞的,日渐陈旧的家具大都摆在原处,无声地映衬着那黑暗的深邃。

轿业兴盛之后,仇三爷想把这老宅翻盖一下,卜守茹不允。说是就这样好,她看着眼熟,若是哪一日巴哥哥回来了,也不会觉着生分。

仇三爷从此不再提这碴了。

仇三爷知道,卜守茹这十年都没忘了巴庆达。每每回老宅,总要到巴庆达住过的屋子看看,有时在那一呆就是好半天,还会禁不住落下泪来。

这年年底,轿行的管事们照例在老宅聚会,卜守茹因着仇三爷和众管事的奉承,无意中多喝了几杯。管事们散去之后,卜守茹和仇三爷扯谈过轿行来年的生意后,又说起了巴庆达,认定巴庆达是跟着当年那王家戏班子走了。

仇三爷便劝道:"卜姑娘,你得想开点,得把过去的事忘了,如今咱'万乘兴'的生意那么好……"

卜守茹神色黯然:"我忘不了,越是生意好,就越忘不了了。"

仇三爷叹了口气:"你别固执,世事就是如此。有得就有失,你现在有了这么多轿子,又有刘镇守使和麻五爷护着,更发达的日子还在后面呢!"

卜守茹痴迷地说:"这些都不能替代巴哥哥!"

仇三爷这才试探着问："要不，咱就派人江南、江北去找找？"

卜守茹摇摇头："怕不行。若是找不到人，又闹得沸沸扬扬。被刘镇守使、麻五爷他们知道反倒不好了。"

仇三爷道："姑娘不放心别人，我就亲自去，咋样？"

卜守茹脸上有了一丝笑意，"这最好！！"稍停，又说："您老若不亲自去，就算找到了巴哥哥，他也不会回的，他这人的脾性我知道！"

仇三爷胸脯一拍："卜姑娘，你擎好吧！只要找到小巴子，我先替姑娘你扇他两个大耳光，尔后，就是捆也把他捆回来！"

仇三爷是头场雪落下后走的，没带外人，只带了个本家侄子，对外只说到上海置办一批轿衣，一去就是四十余日。在这四十余日里，仇三爷江南江北到处寻那王家戏班子，寻到后来才知道，王家戏班子五年前就散了，当年的王老板已在扬州开了杂货店。仇三爷向王老板提起巴庆达，王老板竟说从不知还有这么个人。

回来后，仇三爷病倒了，躺在床上，扯着卜守茹的手老泪直流，说是对不起姑娘。卜守茹道，谋事在人，成事在天么！脸一转，眼中的泪却滚落下来……

这场徒劳的寻找，给卜守茹带来的除了失望和惆怅再无别的。仇三爷便觉着自己害了卜守茹。他本不该去寻巴庆达，更不该把真情告诉卜守茹。

病好之后，仇三爷想把卜守茹的那颗心从巴庆达身上引开，便把天赐带到了卜家老宅。仇三爷认定，能在卜守茹心中替代巴庆达的，也只有她儿子天赐了。往天，卜守茹常和仇三爷说，天赐被阴毒的马二爷教唆坏了，起小不要娘，一见她就往马二爷身后躲，她想想总是很伤心的。

仇三爷是用两挂炮仗把天赐从马家门前哄来的。仇三爷和天赐一起在老宅院里放炮仗，还给天赐当马骑。天赐便说仇三爷好，和他爹——马二爷一样好，还说，他爹也时常给他当马骑的。

仇三爷在雪地上爬着，喘着，说："我不好，你爹也不好，只你娘好！你娘是真疼你的！"

天赐真就被马二爷教坏了，骑在仇三爷背上竟说："我娘才不好呢！她恨我爹，也恨我。她想把我们家搞败！"

仇三爷道："你是她儿，她咋会恨你？！不是为了你，她才不会这么拼着性命弄轿呢！"

天赐一撇嘴说："哼，才不是呢！她连亲爹都不要，还会要我？她弄轿不是为我，是要坏我爹，坏我！"

仇三爷趴在地上，反勾着头问："这话又是你爹说的么？"

天赐"嗯"了声。

仇三爷道："他是骗你！你别信……"

正说着，卜守茹进了院门，一见天赐骑在仇三爷背上，脸一沉，说："天赐，下来！回家骑你爹去！"

天赐慌忙从仇三爷背上下来，转身便走。

仇三爷爬起来，一把将天赐拉住了，对卜守茹说："不怪天赐，是我逗他玩呢！"

卜守茹道："三爷，你别宠坏了他！"又对天赐说："你得记住，你是我的儿，日后得弄轿，靠自己的本事弄！不能做甩手少爷！"

天赐低着头，两只脚在雪地上搓着，一会儿便搓出了个坑。

卜守茹走到天赐跟前，把天赐头上的乱发抚平，口气和缓下来："进家吧，娘有话给你说。"

天赐不挪窝。

卜守茹又说："进家吧，那边是家，这边也是家。娘今晚包饺子给你吃，你最喜吃的羊肉饺子。"

天赐仍不挪窝，只怯怯地说了句："我……我不喜吃羊肉饺子。"

卜守茹强笑着说："你想吃哈，娘就给你弄啥！"

天赐头垂得更低："我……我不饿，啥……啥都不想吃。"

卜守茹说："那你进屋陪娘说说话吧，娘明儿个还想带你去看看咱'万乘兴'的轿号哩！娘的轿号比你爹多，轿子也比你爹多新，你一看准喜欢。"

仇三爷也说:"是哩!你真该跟你娘去看看,看看你娘是咋弄轿的,学着点!"

天赐不做声。

卜守茹又说:"娘是女人,本不该弄轿,你呢,是男人,起小就该有个男人的样,得学着弄轿……"

天赐却道:"我……我啥都不弄,我……我要回家找我爹,我……我爹等我呢!"

卜守茹火了,失声叫道:"马二不是你爹!你只有娘,没有爹!"说着,一把扯起天赐就往堂屋里走。

偏在这时,马二爷坐着轿子赶来了。轿在门口落下后,马二爷并不进门,只站在门楼下的青石台阶上阴阴地看着卜守茹和天赐。

天赐像遇到了救星,急急地唤了声"爹",挣脱母亲的手就往门外跑,在门口差点摔了一跤。

卜守茹的心一下子凉透了,眼见着马二爷和天赐钻进轿子,又眼见着马记老号的四个轿夫起了轿,只愣愣地在院子里站着……

九

目睹着"万乘兴"日渐兴盛,一乘乘崭新的轿子从西城飘进东城,公然夺去马记老号的生意,马二爷又恼又恨,却又有苦说不出。

最初马二爷以为,卜守茹是自己的妾,又有了儿子天赐,再怎么折腾也不怕,就算全城的轿业都落到她手上,总归也还是马家的。马二爷的家业要传给天赐,卜守茹的轿号迟早也要传给天赐。因而马二爷并不把卜守茹的新号当对手看,对"万乘兴"的扩张,只在心里冷冷一笑也就算了。

不料,天赐过十岁生日那天,卜守茹的亲爹卜大爷不知是出于何种用心,从乡下托人带话过来,说是自己闺女和麻五爷养了个野小子,已有三岁,只等着马二爷一朝蹬腿,就要把全城的轿业接过来。马二爷这才慌了,出了大价钱让人私下里四处查访,想找到那个野小子一刀宰了,可找了几个月终没找到。查访的人回来说,卜大爷和自己闺女有仇,十有八九是说了瞎话,一来坑自己闺女,二来也想气死马二爷。马二爷偏不信,又派管家王先生带了厚礼去见卜大爷,卜大爷方才支吾起来。

风波过后,马二爷却多了个心眼,觉着今日或许没有那野小子,日后则说不准,若是卜守茹真和麻五爷养出个野小子,麻烦就大了,遂决意反击。

马二爷不承认自己的好时光已经过完,打从作出反击的决断后,就常拖着条花白的小辫,佝偻着身子带着天赐站在独香亭茶楼上静静看,默默想。马二爷觉着,石城里的麻石路终是属于他的,啥人都不该把麻石路从他手中夺走。马二爷决不能眼见着卜守茹这么狂下去,卜大爷当年败在他手下,卜守茹今天也不该成功。

马二爷扯着天赐立在独香亭茶楼上看着，想着，合计着，两只眼里渐渐便现出了杀机，——许多年后，当马二爷、卜大爷和麻五爷都作了古，独香亭茶楼的老掌柜还回忆说，凶兆在那年春里就有了，那年春里马二爷真是怪，站着站着就满脸的泪，还对天赐说，这城里的麻石道都是咱的，都是！为了它，就是杀人也别怯。

终于有一天，立在独香亭茶楼上的马二爷不见了，坐轿出了城，回来时把卜大爷接来了。仇三爷是最先见着的，一见就慌了，忙跑去向卜守茹禀报。卜守茹那当儿正在刘镇守使府上听戏，听了禀报，脸一沉和仇三爷一起回了家。

走在路上仇三爷就说："卜大爷这次来得必有名堂，保不齐马二爷使了啥坏哩！"

卜守茹道："不怕的，如今不是过去，他们翻不起大浪！"

仇三爷说："姑奶奶却要小心，别人我不知道，你那爹和马二爷我可是知道，都迷轿迷个死，不见棺材不掉泪哩！这两人弄到一起，只怕会有一番折腾的。"

卜守茹哼了一声："他们还折腾啥？老的老了，瘫的瘫了！"

进了马家的门却看到，老的和瘫的正面对面坐着，很像回事地谈着轿子呢。老的对瘫的说："我知道你至死舍不下你的轿。我呢，伺弄了一辈子轿。懂你的心，我觉着你说啥也得把轿号再拾掇起来。"

卜守茹往马二爷面前定定地一站说："你们都别做梦。'万乘兴'是我的，谁也甭想再插一脚！"

马二爷看了卜守茹一眼："你的轿行却是你爹拼着命挣下的！"

卜守茹道："我们卜家的事你管不着！"

马二爷笑了笑："我是不想管……"

卜守茹问："那你把我爹接来干啥？想挑着我爹夺我的轿号么？"

马二爷摇摇头："不是，你们爷俩的关系那么好，我挑得了么？我是觉着对不起你爹，才想帮衬他一把。"

卜大爷这才对马二爷道："别说帮衬我，你一说这话，老子就来气！当初不是你，我能落到这一步？！"

马二爷叹了口气："卜大爷，这咱也得讲句良心话，我当初是不好，斗勇好胜。伤是伤过你。可却没把你往乡下赶，直到今天，我马吉宁都还认定你是伺弄轿子的好手，我觉着就是和你斗也斗得有滋味。"

这话勾起了卜大爷惨痛的记忆，卜大爷再也忘不了当年的耻辱。当年，不是别人，正是自己的亲闺女把他赶到了乡下。他那么求她，她都不松口，把他捆上轿，还在他嘴里堵了团布！为此，卜大爷饮恨十年，也不择手段地报复过：最早向知府衙门递过状子，告闺女忤逆不孝，可知府邓老大人和马二爷过往甚密，偏说闺女很孝顺；革命后，以为机会来了，又让人抬着进了回城，想让刘协统做主，收回他的轿号，刘协统不见他，后来，刘协统成了刘镇守使，竟认了闺女做干女儿。万般无奈，卜大爷才想到了麻五爷和那莫须有的野小子，想借刀杀人。卜大爷原以为阴毒的马二爷会把闺女弄死，"万乘兴"就能落到他手上。又不料，马二爷实是无用，不说不敢杀闺女，连查访那莫须有的野小子都不敢声张。

今日，机会送上了门，卜大爷自是不愿放过，就问马二爷："你究竟打的啥主意？"

马二爷慢慢悠悠地说："卜大爷，你名分上也算我丈人，你闺女不帮你，我得帮你，我老了，弄不动轿了，想把东城三十多家轿号都赁给你，也了了咱这一辈子的恩恩怨怨！"

卜大爷极是吃惊："你……你这么想？"

马二爷点点头："我想了许久了，觉着只有你卜大爷才能伺弄好我的轿号，我就不信一个女人也能弄轿！"

卜守茹这才算听明白了："堂堂马二爷也完了，自己拼不过她，就请来了她爹，想借她爹的手重整旗鼓。"

这真荒唐。

马二爷就当卜守茹不在眼前，又很动情地说："卜大爷，你好生想想，能干么？你可还有当年和四喜花轿行打架的劲头？你我两个弄轿的男人可还有本事与'万乘兴'抗一抗？你要觉着不行，我也就认了，干脆把轿号都给卜守茹，就算咱们这辈子是做了一场梦……"

卜大爷独眼里流出了泪，哽咽着对马二爷道："我……我干！我……我这辈子除了轿，没……没喜过别的，打从那年揣着两个窝窝头到独香号来，我就离不开轿了！这……这十年，我做梦都梦着轿啊！"

卜大爷发誓要好好干，要把十年前和闺女说过的话变成现实，他没有腿，却有脑袋，他要用脑袋去玩世界，要让闺女败在他手下，也把闺女捆着送回乡下。——自然，还要让马二爷输个干净，他这辈子的对手就是马二爷，今天，就算马二爷把天许给他一半，他日后也不会放过马二爷。

马二爷似乎没看出卜大爷的心思，又对卜守茹道："我马吉宁明人不做暗事，今天当着你面说清了，这爹你不要，我要了，我也不是想和你拼，是你要跟我和你爹拼。我们也是没办法！"

说这话时，马二爷脸上的表情很沉重，卜守茹却只是笑，边笑边说："这又何必呢？说到底都是一家人，你们老的老残的残，就不会享享清福？我早就想说了，轿号让我一人弄着不就结了，我弄好了，大家不是都有好处么？你们得承认，你们的好日子过完了，今后咋弄轿子，你们都得看我的。"

马二爷道："别把话说得这么早，咱还是试试吧！"

自此，卜大爷住进了马家，成了马二爷弄轿的盟友，两个失败的男人似乎都忘了往日不共戴天的仇恨，一起合计着重整马记老号。二人给老号换了名，改作"老大全"。双方又各自出资六千元，从上海订制了红缎绣花轿衣，更新了八百乘轿子。开张头几天，雇了百十号人，抬着几十乘花轿，几十架抬盒，并那头锣、旗伞，吹吹打打，招摇过市。嗣后营业，轿资收得也少，比"万乘兴"低了一成半，说是不为赚钱，只为争口气。

城里商家百姓看着这一户门里的两家轿行这般争斗，都觉有趣，两边的轿都坐。坐在"万乘兴"的轿上骂"老大全"，坐在"老大全"的轿上就骂"万乘兴"，反正只要能少付力资就好。

麻五爷一见便气恼了，让手下的帮门弟兄暗里使坏，专叫"老大全"的新轿坐，坐在轿上满城乱转，待得下了轿，分毫不付，还打人，撕人的绣花轿衣，吓得"老大全"的轿夫们有新轿衣也不敢穿，怕被撕坏了赔不起。

卜守茹觉着不好，对麻五爷说："'老大全'轿主不单是马二爷，也还有我爹，咱得客气点。"

麻五爷嘴上应许了，私底下仍是对"老大全"使坏。

卜大爷恼怒了，终有一天，在卜守茹进家时，冷不防把盛着沸水的碗砸到卜守茹头上，差点把卜守茹砸死。

卜大爷失去了理智，看着闺女满脸是血躺在地上，还爬过去要掐死闺女。

马二爷硬把卜大爷拉住了。

卜大爷被拉着还直吼："掐死她，你让我掐死她！你马二怕事，我不怕！我是她亲爹！"

马二爷心里暗笑，他怕啥事？他才不怕事呢！不是为了弄死卜家父女，他才不会把卜大爷大老远从乡下接来。不过，按马二爷在独香亭茶楼上的精心设计，卜守茹该死，却不是这时候死。她得等到卜大爷死后再死，这样，卜守茹名下的六十多家轿号就是他和小天赐的了。

二爷的阴谋是完美的：先利用卜家父女的仇恨，造出尽人皆知的争斗，然后，毒死卜大爷，嫁祸卜守茹。

看着卜大爷和躺在地上的卜守茹，马二爷一颗心在胸腔里跳荡得疯狂，昏花的眼前浮起一片红红绿绿的轿子，红红绿绿的轿子都在麻石道上飘，伴着轿夫们飞快迈动的腿杆和轻盈飘逸的脚步……

十

后来，卜守茹常想，她有过爹么？那个把她聘给马家老东西的瘫子会是她爹？四处放风臭她的会是她爹？做爹的会和亲闺女斗成这样？会把一碗沸水砸到闺女头上？这都是咋回事呢？难不成是前世欠了这瘫子的孽债？

这年秋天，裹挟着城市上空恶臭气味的风，把一股萧杀之气吹遍了石城的大街小巷，刘镇守使和秦城的王旅长准备开仗，大炮支到了城门上，城里三天两头戒严禁街，抓王旅长的探子。驻在城外的钱团长——原先巡防营的钱管带名义上还归刘镇守使管着。实际上已和王旅长穿了连裆裤，上千号人随时等着王旅长的队伍开过来，一起去打刘镇守使。

萧杀之风也吹进了卜守茹心头。卜守茹躁动不安，脸色阴阴的，总想干些啥。开初还闹不清想干的是啥，后来才知道是想杀人，杀死那个瘫子，杀死马二爷，彻底结束他们的野心和梦想。头上的疤，时时提醒着卜守茹关乎仇恨的记忆，杀人的念头在脑子里盘旋，眼中总是一片血红。

然而，终是怕，爹在大清时代就告过她忤逆，今日真把爹杀了，忤逆便是确凿的了，连马二爷一起杀，就是双料的忤逆。这和刘镇守使打仗不同，刘镇守使打仗有理由，她没有，她只能等待，等待着他们老死、病死，被炮火轰死。

对巴哥哥的思恋益发深刻了，常在梦中见着巴哥哥回来，用小轿抬着她满世界兜风。还梦见自己和巴哥哥离了石城，随着个挺红火的戏班子闯荡江湖。梦中的巴哥哥依旧是那么年轻，那么憨厚，十年了，巴哥哥还是老样子。

醒来时，总不见巴哥哥，满眼看到的都是轿，她的轿和马二爷的轿，这些轿载走了她十年的光阴，十年的思念，她就想，如果这十年能重过一回。她决不会再要这些轿了，她得由着自己的心意，由着巴哥哥的心意活。

那年秋里，肚子里又有了，是刘镇守使的，麻五爷以为还是他的。卜守茹看得出，麻五爷早把"万乘兴"和"老大全"都看成自己的了，就防了一手，偏不讲怀着的孩子是刘镇守使的，怕麻五爷使坏，只由着麻五爷去打自己的如意算盘。麻五爷的如意算盘也简单，就是静候着马二爷一朝归天，自己对马卜两家进行全面接收。

被卜大爷用碗砸过以后，卜守茹再不愿回马家，就和麻五爷住到了一起，麻五爷嘴上说得好听，心里却想着马二爷来日无多，极怕马二爷一死落不到家产，便劝卜守茹回马家生了孩子再说。

卜守茹不愿，一来怕自己被杀，二来也怕自己会于疯狂之中去杀人。

麻五爷非要卜守茹去，说是这孩子也得让马二认下，不认下日后不好办。

卜守茹这才道："那好，你就去和马二爷说，看他可愿认！"

麻五爷哼了一声说："他敢不认！不认老子有他的好看！"

卜守茹很想瞅瞅麻五爷如何让马二爷好看，就和麻五爷一起去了。

马二爷得知卜守茹真怀上了麻五爷的种，早就气青了脸，卜守茹和麻五爷一进门，马二爷就阴阴地对麻五爷说："卜守茹这贱货回来我没话说，只是这肚里的孩子咋办？"

麻五爷嘿嘿笑着问："二爷，你看呢？"

马二爷道："我看啥？你们揍出的杂种，关我屁事？！"

麻五爷笑得益发自然和气："咋不关你的事？卜守茹终还是你们马家的人，把孩子生在我那儿，马家不就丢尽脸了么？二爷你还做人不做了？"

马二爷气疯了："我马吉宁早就不做人了，早就当了王八，可……可就算老子当王八，也不能再养王八蛋！"

麻五爷仍不气，又说："二爷咱们谁跟谁呀？当年不是我替你往卜大爷的轿号里放炸弹，你能把卜守茹弄到手？卜守茹算你的，也该算我的，对不对？咱俩谁都不算做王八的……"

也是活该有事。麻五爷说这话时，卜大爷正被人抬着从门外进来，听到麻五爷说起放炸弹的事愣了，独眼发直，凶光射到麻五爷脸上，咬住麻五爷不放。卜大爷没容马二爷再插话，便挣开抬他的两个下人，瞅着麻五爷问："麻老五，当……当年的炸弹原……原是你放的？你……你哪来的炸弹、洋枪？"

麻五爷不以为然："嘿，卜大爷，你看你，事情都过去那么多年了，还追个啥呀？今几个咱得一起对付马二才是！"旋又瞅了卜守茹一眼，"卜守茹，你说是吧？！"

卜守茹也没料到当年往卜家轿号放炸弹的是麻五爷，眉角抽动一下，道："我还能说啥？却原来你们都是一路的混蛋！"

麻五爷又笑："哟，我的姑奶奶，咱可得凭点良心，没我们这一路的混蛋，哪有你的今天！"

这么说着，卜大爷已在往麻五爷面前爬了，爬到麻五爷面前，一把搂住了麻五爷的腿："麻老五，你……你今个儿得给我说清楚，炸弹和洋枪是……是哪来的？"

麻五爷大大咧咧道："卜大爷，你想能从哪来呢？还不是从巡防营弄来的么？我不愿干，马二爷就许了我二百两银子。我仍是不愿干，——倒不是嫌银子少，而是觉着太毒了些，就劝马二爷打消这坏主意。马二爷那当儿横呢，硬要干，还说我若不干，他就向邓老大人告我，我呢，是真通革命党的，就怕了，就违着心干了。"

卜大爷又问马二爷："是么？"

马二爷道："你听他瞎扯！"

卜大爷认定不是瞎扯，松开麻五爷，又往马二爷面前爬，马二爷有些怕，一边向后退着，一边说："卜大爷，你……你可……可别听麻老五胡诌，他这是成心要坏咱'老大全'的生意……"

卜大爷不睬，爬得固执且顽强，独眼里凶光闪动。

麻五爷抱着膀子立在一旁，说："卜大爷，这就对了，你要算账得和马二爷算，不是这老杂种，你卜大爷还不早是石城的轿王了！"

马二爷坐不住了，额头冒汗，佝偻的身子直抖，可着嗓门喊进两个马家下人拉住卜大爷，说是让卜大爷先回自己屋消消气，有话待麻五爷走后再谈。

卜大爷死活不愿离开，一面挣着，一面破口大骂，骂马二爷，也骂麻五爷。

麻五爷对卜守茹说："你看你这爹，你看你这爹，咋变成这种样子了呢！咋连我都骂？好歹我也算他女婿嘛！"说罢还叹气，似很委屈，又很无奈。

卜守茹看着这三个男人都觉着恶心，便道："你们都该去死！没有你们这世上或许还能干净点！"

麻五爷直摇头，说："让他们去死，咱别死，咱死了这一城的轿子谁伺弄！"转而记起卜守茹肚里的孩子，想到来马家的初衷，便对马二爷道："二爷，不说别的了，就冲着咱当年的情义，这孩子也得在你老马家生，这事就这么着吧，啊？"

马二爷被那陈年炸弹弄得很狼狈，硬气保不住了，服了软："五爷，事已到了这一步，我……我还说啥呢？这么着吧，我认栽，卜守茹和肚里的孩子都跟你，我都不要了！我再不图别的了，只图个平安肃静！"

麻五爷手一摆："别价！好事做到底，卜守茹娘俩你先给我养着，哪天你一蹬腿，我就连他们娘俩一起接走！这才算咱义气一场嘛！"

马二爷浑身哆嗦起来："麻五爷，你也别欺人太甚，卜守茹我都让给你了，你……你还要啥？"

麻五爷嘿嘿笑了两声，说："你那些轿子不好伺弄呀，我想了，离了卜守茹和我还真不行……"

马二爷豁出去了，当场咬下了自己一截小指，表明了自己保护轿号的决绝意志："麻老五，你要我的轿不是？你看着，二爷我最后一滴血都……都得洒在轿上，看清了，这么红的血！在爷的脉管里流了七十多年的血！"

卜守茹看着马二爷手上那流了七十多年的血，冷笑道："你那一点脏血泼不了几乘轿！你现在咬手指倒不如用刀抹脖子，那倒利索些。"又说："就算你死了，我也不会离开马家的，我就是冲着你的轿号来的，不把你的东城轿号全统下来，我不会甘心的。"

马二爷疯叫道："你……你做梦！我的轿号是我儿天赐的！就算没皇上了，民……民国也得讲理！子承父业，天……天经地义！"

偏在这时，天赐从学堂下学回来了，麻五爷一把拉过天赐，指着天赐的小脸膛儿哈哈大笑说："天赐是你的儿？你看看他哪儿点像你？天赐也是五爷我的儿！二爷，话说到这地步，我就得谢你了，难为你这么疼他。比我这真爹都强哩！"

马二爷骤然呆了，像挨了一枪！软软跌坐到地上。

天赐叫了一声"爹"，上前去扶马二爷，马二爷不起，只望着天赐流泪，绝望地嚎着："报应，这……这都是报应啊……"

恰在这时，卜大爷双手撑地，支持着沉沉的身子，从门外阴阴地挪进来了，卜守茹本能地预感到，那团盘旋在石城上空的肃杀之气已扑涌进门。

远处有隆隆的炮声和爆豆也似的枪声。

十一

马家院子里也有麻青石铺的道，道很窄，也很短，宽约三尺许，长不过五六丈，从大门口穿过正堂屋，到二进院子后门的条石台阶前也就完了。头进院子很大，麻石道两旁是旷地，一边停轿，一边是水池、花房。二进院子就小了些，且堆着不少破轿，除了从正堂屋扯出的那短短一截麻石道，几乎看不到地面。

卜大爷住进马家后，瞅着麻石道心里就恨得发痒，不止一次地想过要在二进院子的那堆破轿上放把火。有一日夜里，还真就用两手撑着地，爬到了那堆破轿前，欲往破轿上浇洋油。可犹豫了半天，终是没浇。倒不是怜惜马二爷，却是因着自己。卜大爷觉着马家的一切终将是他的，这老家伙来日无多，死后断不会把轿子和麻石道带进棺材去。

马二爷却也毒，自己老不死，倒想要卜大爷死。卜大爷用碗砸了卜守茹没几天，马二爷就在专为卜大爷煨的蹄髈里下了毒，巧的是卜大爷偏不小心打翻了碗，蹄髈让桌下的狗叨去，狗被毒死了。马二爷心里很慌，怕卜大爷和他拼，就说这必是卜守茹使坏，买通了哪个下人干的。卜大爷心里知道是马二爷弄出的鬼，却装作没看出，说了句："不至于吧？那狗还不知都乱吃了些啥呢！"

自那以后，卜大爷就想把马二爷往墓坑里赶了，两手支撑着身子在麻石道上挪时，总觉着自己能把马二爷对付了。卜大爷瘫了，腿不经事，两只手却有无穷的力。卜大爷试过，他一拳能把房门捅破，砸扁马二爷的脑袋自是不在话下的。——想想也怪，老天爷对人真是公道，十一年前有腿的时候，卜大爷的手和臂都没这么大的力；腿一没了，上半身便出奇地发达起来，胸上和臂上满是肌肉，手也变得粗大，结了厚厚的茧，熊掌似的。

今日，麻五爷无意中说起的炸弹，勾起了卜大爷的旧恨新仇，卜大爷往马二爷面前爬时，就想杀了马二爷。后来被架到自己房里，卜大爷杀人的念头益发坚定了，卜大爷认定，他一生的噩运都是那炸弹和洋枪造成的，没有那洋枪、炸弹，他当年不会败，他的轿号不会被封，也就不会把闺女聘给马二爷，以致今日父女成仇。麻五爷说得不错，他会成为轿王的，今天石城的麻石路本该都是他的。他的！

于是，在满城响着的枪炮声中，在麻五爷和马二爷吵得不亦乐乎时，卜大爷使着一身蛮力推开了门板，从房里爬了出来。

复仇的道路是很短的，——从卜大爷二进院里的房，到正堂屋后门，统共不到三十步，可这三十步却让卜大爷记起了血泪爆涌的三十年。两只手撑在马家院里的麻石道上，卜大爷就在心里追忆着自己曾有过的双腿。那双腿是他起家的根本，它是那样坚实有力，支撑着他和他肩上的轿，走遍了石城的大街小巷。多少人想算计卜大爷那双腿呀，多少人想把卜大爷的脚筋挑断，让卜大爷永远倒在城里的麻石道上！可卜大爷没倒，能明打明斗垮卜大爷的人还没有！卜大爷是被人暗算的！今天这个暗算他的人活到头了！

卜大爷出现在正堂屋门口时，门口有人，有马家的人，也有麻五爷和闺女卜守茹带来的人。马家的人还想把卜大爷劝回去，卜大爷不睬，麻五爷的人都是无赖，想看笑话，就说，人家闺女来了，总得见见的，你们拦啥？马家的人便不敢吭气了。

一进门，卜大爷最先看到的是闺女卜守茹，这贱货坐在靠墙的一把椅子上喝茶，喝得平静自然，就像马家发生的一切俱与她无关似的。闺女身边是不得好死的麻五爷，麻五爷一副无赖相，脚跷着，腿晃着，一边抓着毡帽扇风，一边瞅着倒在地上的马二爷说着什么。马二爷倒在八仙桌旁，想往起坐，总是坐不住，儿子天赐去拉，闺女就在一边喊，要天赐过去。

卜大爷开始往马二爷身边爬，两只手一下子聚起了无穷的力。在卜大爷眼里，马二爷已是一具尸体，卜大爷要做的仅仅是把这具尸体推进墓坑罢了。

马二爷看出了卜大爷的意思，上气不接下气地喊："快……快来人啊，这……这瘫子要……要杀人了……"

门口马家的人应着马二爷的召唤，往门里冲，冲到卜大爷面前，要架卜大爷。

卜守茹"呼"地站起来："出去，都给我滚出去！这是我们家里的事，你们都他娘少管！"

马家下人瞅着马二爷，不走。

麻五爷也火了，桌子一拍："打架要讲公道，你们都上来像什么样？都滚，再不滚老子就给卜大爷讨个公道！"

麻五爷一发话，门外五爷的人进来了，硬把马家的人轰了出去，还把两扇门反手关上了，弄得屋子里一下子很暗，仿佛黑了天。

马二爷这才知道大限已到，不拼命不行了，遂硬撑着往起爬，刚哆哆嗦嗦爬起来，佝偻着身子尚未站稳，卜大爷已逼至面前。

卜大爷很沉着，两只大手几乎是缓缓伸出来的，马二爷未防着，竟让卜大爷给扳倒了。

麻五爷在一旁看着，挺感慨地对卜守茹说："二爷不行了，实是太老了！"

卜守茹淡然一笑："这二爷又何曾年轻过？"

麻五爷追忆道："你没见过二爷年轻，我是见过的，三十五年前我头一回找二爷收咱帮门的月规，二爷摔过我两个好跟斗呢！就在独香楼门口！"

这边说着，那边卜大爷和马二爷已扭成一团了。卜大爷山也似的身子压在马二爷身上，两只手揪住马二爷花白的脑袋直往地上撞，撞得咚咚有声。马二爷真就不行了，连讨饶的气力都没有，只是两腿乱蹬，手乱抓。卜大爷不想让马二爷一下子就死了，撞过马二爷花白的脑袋，又把手伸到马二爷脸上，生生挖下了马二爷的一只眼，痛得马二爷杀猪般叫。

被卜守茹硬拉到身边的天赐，挣开卜守茹，扑到卜大爷身后，搂住卜大爷的脖子，把卜大爷往下拽，还哭着骂着，不住地用脚踢卜大爷的背。卜大爷被踢得很痛，用胳膊肘狠捣了天赐一下，天赐才松了手。刚松手，卜大爷便去掐马二爷的脖子，天赐又扑上去，两手扯住卜大爷的头发，差点把卜大爷从马二爷身上扯下来。

卜守茹对麻五爷怒道："还不快把天赐抱走？！你……你这爹就这样当的！看着天赐打我爹！"

麻五爷不敢怠慢，上去把天赐抱住了，说："天赐，你不是马二的儿，是我的儿，我不是和你说过了么？你可不能帮马二这老杂种！"

天赐偏就不认五爷，死抓住卜大爷的头发不松手，麻五爷硬拉，结果就把卜大爷从马二爷身上拉开了。

马二爷得到这难得的机会，从怀里掏出了一把匕首，——这匕首马二爷常带在身上，夜里就放在枕下，防卜守茹，也防卜大爷，马二爷算计别人性命时，也时刻防备别人算计他。卜大爷被天赐拽个仰面朝天，没看到马二爷的匕首，这就吃了大亏，待马二爷扑到卜大爷身上，使尽全身的气力把匕首捅进卜大爷的心窝，卜大爷一下子呆了，没想到去夺马二爷的匕首，反倒本能地往后闪了闪。马二爷便又得了第二次机会，顺着卜大爷的力拔出匕首，又颤颤巍巍在卜大爷身上捅了一刀。

马二爷虽是老了，杀人的手段却没忘，第二刀捅到卜大爷胸上后，死劲搅了一圈，搅得卜大爷胸前血如泉涌，造出了冲天的血腥。卜大爷捂着浑身是血的胸脯，向卜守茹看了一眼，唤了声"妮儿"，身子向后一仰，轰然倒地。

卜守茹万没想到会出现这种结局，冲过去一巴掌把天赐打倒在地，阴阴地看着麻五爷问："这……这场架打得公道么？"

麻五爷讷讷道："我……我可不知道马二爷有匕首……"

卜守茹满脸是泪："我只问你公道不公道！"

麻五爷承认这不公道，略一沉思，即走到马二爷面前，把马二爷手上的匕首夺了，放到卜大爷手上，而后，一把揪过马二爷，一把抓住卜大爷的手将匕首捅进了马二爷的胸膛，也猛搅了一通，让马二爷身上生出了同样的血腥。

马二爷胸脯上插着匕首，满身满脸的血，却在笑，还用耳语般轻柔的声调儿对天赐说："天赐……天赐，今天的事你……你得记住，得……得一——辈子记住哇……"

天赐喊着爹，大哭着，搂着马二爷再不松手，直到马二爷软软倒在他怀里，闭上昏花的老眼。

十二

后来就是那场大出殡了。

大殓前的一切准备都是充分的。卜守茹发了话，要把丧事办得尽善尽美，不能让人说闲话。于是，专为人家承办丧事的"万乘兴"和"老大全"的管事们便办得很精心。赶制的两副寿材皆是红柏十三元，是用十三根红柏木拼成的，上三根，底四根，左右帮各三根，甚是气派。棺内有褥子，有莲花枕，还有搁脚的脚蹬子，也是莲花形的。马二爷、卜大爷在各自棺内躺着，身盖黄缎陀罗经被，很是安详，就像于积年的劳累后睡熟了似的。殉丧的物什也多，可谓应有尽有，手抓银、口含珠自不必说，专做的各式冥轿便有一大堆。

礼仪也无可挑剔，发了报丧条子，卜守茹和天赐又向马家和卜家的至爱亲朋登门报丧。殃榜也开了，请了城里最有名的阴阳先生算了马二爷和卜大爷的八字，推定了出殡的日子，看了坟地风水。阴阳先生怕卜大爷和马二爷在地下再打，说起忌讳时再三强调，二人墓穴皆不可用麻石、青石。卜守茹一一记下了，后来真就没有一块麻石、青石。

停尸七日，终至发丧，城里城外的战事也停了，——刘镇守使略施小计，便让秦城的王旅长和那钱团长相互猜疑起来，其后，刘镇守使私下里一边又助了点饷，王旅长和钱团长便退了，刘镇守使才在发丧前一日来了，且为丧家点了主。

发丧甚是隆重，在卜守茹的主持下，"万乘兴"和"老大全"动轿一千四百乘，光执事就用了六十堂，动棺皆为四十八杠，有棺罩和大亮盘。丧盆子摔得好，纸钱撒得也好，一把把扔得很高，落在地上很均匀，像沿道下了场雪。

棺木出堂后，大殡的队伍上了街。最前面开路的，是纸扎的两个狰狞鬼，青面獠牙，高约两丈，脚底有轮子，由十几个轿夫推着。然后是两个铭旌，是幡形的长亭子，一边三十二人，两边六十四人抬着，四面还扯着纤绳。铭旌之后，就是开道锣领着的六十堂执事了，肃静回避牌夹杂于六十堂执事中间。以后则是金山、银山，纸人、纸马，各式纸轿，并那挽幛挽联、鼓乐、僧道。

经堂、孝堂的佛事做得也好，诵经场面都是很大的，用福缘法师的话说，为"云福寺五十年所仅见"。《石翁斋年事录》对此亦有记载，称其为"完丧家敛仪之大全，复三千年古礼于今世。"

石城里的百姓都说，卜大爷和马二爷配！

却也有人在大出殡那日闲话道：丧事办得大并不好证明卜守茹的孝，这卜守茹实是魔女，上通民国的镇守使，下通帮门的无赖党徒，不忠不孝，不仁不义，搁在前清，必得办"忤逆"之罪。卜大爷和马二爷归根算死在她手里，这魔女为了马卜二家的轿号，造出了父毙夫亡的惨祸。

言毕，又不免唏嘘一二，为石城轿业至此再无男人感慨不已。

十三

马二爷身上的血就此永远粘在天赐身上了,天赐常无缘无故嗅到血腥味,觉着自己每身衣服上都沾着马二爷胸腔流出的血,那血像极好的肥,于无声之中追育着天赐心里那颗仇恨的种子。不管卜守茹咋说,天赐就不信麻五爷是他爹,每每看见麻五爷来找卜守茹,眼睛便狼一般凶恶,话却是不说的,这就让麻五爷和卜守茹感到害怕。

大殡之后,麻五爷梦想中对马二爷家产、轿号的接管未能得逞。不论麻五爷如何张狂,马家族人就不依从,声言要与麻五爷拼到底,还托城里商会的汤会长和一帮有面子的绅耆,找了刘镇守使,说是马二爷在日,麻五爷便与卜守茹有染,帮着卜大爷杀了马二爷,如今又欲登堂入室,夺人家产轿号,实为天诛地灭之举。刘镇守使一直知道麻五爷和卜守茹有染,可却不愿被人当面说穿,一说穿,刘镇守使就火了,当即表示要办麻五爷的杀人讹诈罪。卜守茹怕刘镇守使把麻五爷杀了,再酿下一场血案,便跪在刘镇守使面前,为麻五爷求情,且一口咬定马二爷不是麻五爷杀的,刘镇守使才没大开杀戒。不过,刘镇守使也讲得清楚,再见着麻五爷出现在马家就要办了。

麻五爷不怕,仍是常到马家来,还想和天赐套近乎。麻五爷还存有幻想,以为好歹总是自己的儿子,只要对天赐好,天长日久必会拉过来的。那当儿,麻五爷已决意要和刘镇守使较量了,背着卜守茹私通了秦城的王旅长,和叛逆的钱团长,要率着帮门的弟兄在城中起事,策应王旅长和钱团长的兵马攻城。

这就惹下了大祸。

六十天后,是卜大爷和马二爷的旮河之期,二位辞世的爷要在这天过阴间的河,卜守茹和天赐到卜大爷、马二爷的坟前烧船桥。烧船桥时,卜守茹还和天赐说,他的亲爹不是马二爷,实是麻五爷。天赐不睬,只对着马二爷的坟不住地磕头、流泪,这让卜守茹感到脊背发寒。

晚上就出了事,刘镇守使的兵突然围住了马家大院,把刚到马家的麻五爷和麻五爷带来的七八个喽罗全抓了,说是麻五爷和他的帮门党徒通匪。卜守茹不信麻五爷会通哪路的匪,认定刘镇守使是因着醋意发作才下的手,遂带着六七个月的身孕,随那些兵们去了镇守使署。

到得镇守使署卜守茹才知道,麻五爷真就通了匪,和秦城的王旅长传了三次帖子,相约在七日后动手,先由麻五爷的帮门弟兄在城里起乱,王旅长和钱团长再打着济世救民的旗号攻城。王旅长和钱团长都答应麻五爷,攻下石城,特许麻五爷专营全城轿业,再不容任何别人插手其间。

卜守茹看着刘镇守使手中的帖子,将信将疑,问:"这……这该不是你造的假吧?"

刘镇守便道:"我就是想造假也造不出什么轿业专营的事来,只有麻老五能想到这一条。"

卜守茹立时记起了麻五爷多年来野心勃勃的梦想,觉着这无赖如此行事恰在情理之中,便于惶惶然中默认了刘镇守使的话。

刘镇守使又说:"我没料到这麻老五会如此毒辣!这杂种不但要坏我刘家昌的事,也要算计你呢!你想想,真让麻老五的计谋得逞,你那'万乘兴',和'老大全'还不都落到这人手里了?你这十几年的拚争不就毁于一旦了么?你甘心?"

卜守茹自是不甘心的,想了想,问刘镇守使:"那你打算咋处置他?"

刘镇守使手一挥:"简单,办掉嘛!"

卜守茹又问:"咋办掉?"

刘镇守使道:"枪毙嘛。"

卜守茹只一愣便叫起来:"不,你……你不能让他死!"

刘镇守使脸上现出不快："咋，还舍不下这麻老五？"

卜守茹摇摇头："不是舍不下他，我也知道他不是东西……"

刘镇守使逼上来问："是真话么？"

卜守茹道："是真话，我和这人的交往起先就是出于无奈，如今仍是出于无奈，没有他和他的帮门，我支撑不到今日。"

刘镇守使说："日后只要有我，啥都好办，谁若敢和你卜姑奶奶作对，就是和我作对，我自会办他！今天，我就先把麻老五办了……"

卜守茹坚持道："你不能办他！他再混账，也还是天赐的亲爹，你就算是可怜我，可怜天赐吧！"

刘镇守使叹了口气："你这人心咋这么软呢？其实，我今日办他，一半是为自己，一半却是为了你。你想想，我这镇守使能当一辈子么？总有走的一天，或是垮的一天。我在啥都好说，我不在咋办？王旅长和钱团长的兵马进了城咋办？麻老五能让你安安生生当城里的轿主？还不夺了你的轿行，再把你一脚蹬了！你再想想。"

卜守茹觉着刘镇守使是为她考虑，真就想了，想得脊背发凉。麻五爷除了床上的功夫好，其它再无好处，杀人越货，欺行霸市，藏奸使坏，没有不干的，连他自己都说，只怕哪日死了，阎王爷都不会收。当年就是这混账东西往她爹的轿号里塞了炸弹，才把她和她爹弄到绝路上的。一旦王旅长和钱团长的队伍真的进城，麻五爷必会夺她的轿行，也必会蹬她……

刘镇守使似乎看出了卜守茹的心思，又说："你真不让我办他也行，只是你得从心里舍下你的轿行，干脆进门做我的四姨太，免得日后在麻老五那儿落个人财两空，也让我为你难过……"

卜守茹不想做刘镇守使的四姨太，她的命根是和轿、和城里的麻石道连在一起的，不是和哪个男人连在一起的。她宁愿日后去和麻五爷连血带火拼一场，也不愿今天就认栽服软。于是便说："我倒要看看这混账东西如何就蹬了我，你就听我一回，先把他放了……"

刘镇守使道："就算不办他，也不能就放，我总还得教训一下，给他点颜色看看！"

卜守茹说："你只管狠狠教训，只是别伤了他，还有，得把面子给我，让这东西知道，是谁救了他的狗命。"

刘镇守使笑道："你卜姑奶奶也真算个人物，有情有义，也有主张，我真恨你不是男人，你要是男人，我立马和你拜个把兄弟，咱就一起去夺天下，没准能闹出点大动静哩！"

卜守茹眼圈红了："你……你就不知道我心里有多苦……"

刘镇守使不笑了，摸着卜守茹隆起的肚子说："我知道，都知道哩，我的儿都在你肚里养着，我能不知道你的心么？你的心里除了轿只怕就算我了！我呢，心里也是有你的，我就喜你这样心性高，胆识也高的女人。"

说毕，刘镇守使为卜守茹吟了首做好的诗，诗道：

一剑在握兴楚争，风云际会廿年兵。
城中轿舆几易主？惊见轿魁置红粉。
男儿苦战寻常事，未闻巾帼亦善征。
欲催花发遍咸阳，宝刀磨血消京尘。

刘镇守使将诗吟完，还解释了一通，以证明自己确是喜欢卜守茹的。卜守茹只想着麻五爷还在刘镇守使手上时，极怕刘镇守使变卦，杀了麻五爷，让天赐变成没爹的孩子，就说，自己心里也真是只有他的，并要刘镇守使保证，教训完麻五爷便放。

刘镇守使保证了。

原以为事情到此就算完了，没料到麻五爷最后会让天赐杀了！

十岁的孩子竟会用三响毛瑟快枪杀人，且是杀自己的亲爹，许多年后想起来，卜守茹还认定这是一场阴谋。阴谋的策划者就是刘镇守使，不论刘镇守使如何狡辩，卜守茹都不信刘镇守使会是清白的。

事情发生在第四天晚上，据刘镇守使说，他已准备放麻五爷了，天赐偏来了，去拘押房看。麻五爷是在小号关着的，五花大绑着，看押的兵士就松了心，任由天赐隔着铁栅门和麻五爷说话，且又把上了膛的三响毛瑟快枪靠在铁栅门旁去上茅房。那兵在茅房里听到枪响，提着裤子赶到时，已见麻五爷在血泊中歪着了，头上中了一枪，身上中了两枪，天赐则傻乎乎立在门外，脸上有不少泪。

卜守茹问刘镇守使："那当儿，这爷俩都说了些啥？"

刘镇守使道："这我不知道，得问当值的兵士。"

找来了一个叫小蛮子的当值兵士。

小蛮子说："回卜姑奶奶的话，天赐和麻五爷没说啥要紧的话，也没扯上姑奶奶您。我只听到麻五爷连声叹气，还听到天赐喊麻五爷爹，感情像是挺好的。"

卜守茹问："既是这般好，咋会动了枪？"

小蛮子直摇头："那我就不知了，要问你儿。"

卜守茹盯着天赐："你自己说。"

天赐不说。

卜守茹便问："谁叫你到拘押房去的？"

天赐仍是不说。

卜守茹再问："你信不信他是你爹？"

天赐凶狠地看着卜守茹："不管我爹是谁，你都是贱货！"

卜守茹气昏了，一把拽过天赐就劈头盖脸地打。天赐并不老实挨打，两手被卜守茹抓着，就用两只脚踢卜守茹，还用膝盖猛顶卜守茹的大肚子。这就触怒了刘镇守使，刘镇守使喝令小蛮子把天赐拉住，让卜守茹可心去打。

卜守茹偏又不打了，只瞅着天赐呜呜哭，边哭边说："天赐，天赐，你……你是狼种！"

十四

立在独香亭茶楼向西看，景色依旧，麻石道切割着城池，道两旁有松树、柏树常青的暗影，一座座屋厦上升腾着崭新却又是陈旧的炊烟，远处的江面永远是白森森雾濛濛的。

这是父亲当年曾经拥有过的世界，曾让父亲为此而激动不已的世界。

向东看，则是马二爷的地盘了。

马二爷的地盘上曾有过最早的奇迹。据许多轿号的老人证实，马二爷确曾年轻过。那时，马二爷在官府衙门当衙役，给一个个知府的大人老爷抬过轿，也在私下收过民间轿行的帮差银，就是藉那最初的帮差银，马二爷起了家，办了自己的轿行。马二爷活着的时候，曾站在独香亭茶楼上指给卜守茹看过，说城东门下的通驿大道旁原有座破庙，那就是他起家之所在。

如今，那座破庙看不到了，代之而起的是一片兵营，民国前驻的是新军炮队，民国后就驻刘镇守使的炮营了，刘镇守使升了师长后，炮营又变作了炮团，一门门大炮的炮口直指城外，随时准备轰碎王旅长和钱团长攻城的妄想。因着战火的经历，东城是远不如西面繁华的，就是飘在东面镇守使署上空的五色国旗，也无以挽回那段繁华的历史。东城最有名的老街上从早到晚响着大兵们的马蹄、脚步声，尘土飘起老高。

然而，这已是无关紧要的事了，两家轿行已合二为一，大观道的楚河汉界已经打破，哪里生意好，就做哪里的生意，东城西城的区分已无意义，它存在过的事实，只能成为后来人们酒后茶余的谈资。

卜守茹认为，直到麻五爷被天赐杀死，男人统治石城轿业的历史才算彻底结束，她才真正确立了作为一城轿主的地位。帮她夺得这一地位的除了刘镇守使，还有她的儿子。这大概就是命了。她卜守茹命中注定要吃尽人世的心酸，却也命中注定要支撑起石城轿业的天地。

每每立在独香亭茶楼上，卜守茹总要和天赐说起当年，当年的马二爷和卜大爷，当年的麻五爷，还有当年的她：一个八岁的小女孩，坐着一乘小轿进了城，整日价赤着脚在城里的麻石地上跑。

卜守茹说："天赐呀天赐，你生在城里，不知道这麻石道的好处，娘可知道哩！娘八岁前都在乡下，乡下的路一下雨尽是泥，鞋粘了泥重得像秤砣，把脚上的泥带进了屋，你姥还要骂'死妮子，下雨还出去野！'……"

天赐只是听，不插嘴。

卜守茹又忆及自己的父亲，说："你命苦，没个好爹。娘也是，娘的爹也是条狼哩！他为了轿，让你十八岁的娘到马家去做小。娘气呀，娘不服，可娘有啥法呢？娘不能就这么任他们摆布，只有和他们去拼！"

天赐不理解这些事，望着卜守茹发呆。

卜守茹又说："天赐，你得懂娘的心，娘过去和今日不论做啥，归根还是为了你。你姥爷不好，可他有几句话说得好，他对娘说，咱这石城里的麻石道是金子铺的，只要一天不掀了这道上的麻石，只要咱的轿能走一天，咱就不愁不红火。今儿个，你也得记住了，日后你从娘手里接过咱的这盘买卖，可不能再让别人夺了去！"

天赐瞅麻石道的眼光很冷漠，说："我恨城里的麻石地，也恨这些轿！我不要它！"

卜守茹很伤心："天赐，天赐，那你要啥呢？娘还能给你啥呢？"

天赐又不说话了。

那年天赐已十二了。

这二年来，卜守茹一直试着想把天赐从死去的马二爷身边拉回来。闺女天红落生后，卜守茹立马把她送给了刘镇守使，让奶娘养，生怕让天赐看了不自在，也怕天赐加害自己的亲妹妹。在真的成了一城的轿主之后，卜守茹对轿也看淡了，轿行的事很少去管，只在天赐身上用心，做梦想着的都是消解儿子对自己的恨意。可儿子见她总躲，躲不过了，也只是听她说，从心里不肯把她当亲娘待。

卜守茹觉着她和天赐，就像当年自己和父亲，这大约也是命中注定的。

然而，直到天赐出走，卜守茹都尽心尽意地想做个好母亲，她一点不恨天赐，只恨自己。她总想，如若当年她和巴哥哥私奔了，这三笔血债就没了，她也就不会面对一条小狼似的儿子了。。

小狼儿子到底还是跑了，是在一个冬日的下午跑的。

卜守茹永远忘不了那日的情形。

是个干冷的天，北风尖啸，江沿上和城里的麻石道上都结了冰，哪都溜滑。太阳却很好，白森森一团在天上挂着，城里四处都亮堂堂的。卜守茹一大早出了门，到独香亭茶楼去断事，——码头上的于宝宝和棺材铺的曲老板两帮人昨儿个打起来了，还死了人，两边的人都在帮，都到卜姑奶奶那讨公道，卜守茹推不了。

到独香亭茶楼约摸是十点光景，卜守茹记得清楚，事情断完，已过了正午，就在邻近的"大观酒楼"吃了酒。请酒的是于宝宝，是卜守茹断他请的，为的是给曲老板赔情。那日因着于宝宝和曲老板双方的服帖，又因着天冷，卜守茹便多喝了几杯，直到傍晚天光模糊时才回家，回家后发现天赐不见了。

起初，卜守茹并没意识到事情的严重，以为天赐又到两个老姐姐家玩去了，——马二爷的两个闺女都比卜守茹大，早在卜守茹到马家为妾之前已出阁，一个住城东老街。一个住状元胡同。当下派人去找，两家都没找见，卜守茹才急了，传话给全城帮门弟兄，要他们连夜查遍全城。

一直查到次日早上，都没见天赐的影子。

卜守茹天一亮又去了镇守使署，要刘镇守使帮着找人。刘镇守使应了，把自己的手枪队派到了街上，还给天赐画了像，满街贴，整整折腾了三天，终是一无所获。

在这三天里，卜守茹身未沾床，头未落枕，日夜坐在轿上满城转，走遍了城里的大街小巷，白里看得满眼昏花，天旋地转；夜里冻得直打哆嗦。

老找不见，卜守茹就想到了天赐会被人害死，老琢磨谁会去害？是不是与自己有关？自然，也想到了绑票，可又觉着不像。真要是绑票，早就会有勒赎的帖子。

第四日，卜守茹终于病倒了，拉开床上的绿缎被才发现，被下压了天赐写的一张纸条，上面只几句话："娘，我走了。我恨你。恨你的轿。要不走，我会烧你的轿，也会杀你。我不愿杀你才走的，你别找我，你只要活着我就不回来。"

卜守茹看着那纸条，先是立在窗前默默无声地哭，任两行清泪顺着俊俏的脸颊往袄上、地上落，继而便把身子死死倚在窗台上，愣愣去瞅窗外正垂落下来的夜幕。暗蓝的夜幕上能看到白纸般单薄的月，月圆且淡，像被剪好贴到天上的，月旁有若隐若现的星，好多好多。瞅着瞅着，星和月就晃起来，越晃越凶，晃出了无数幻影，再分辨不出孰真孰假。后来，真真假假的星和月便倾覆了，重重地，抑或是轻轻地压过来，让她软软地栽倒在地上……

十五

　　刘镇守使能在十几年中做着石城的霸主实是不易，回想起来真像一场梦。在民国风云变幻的十来年中，但凡有点兵权，算个人物的，能发的就大发了，不能发的也就大败了，像刘镇守使这样据有一隅之地不发不败的实是少见。

　　后来在天津租界做寓公时，刘镇守使常和朋友们说，这一来是命，命中注定要有十来年的福气；二来是他识时务，老换旗，哪边硬梆就打哪边的旗；三来呢，没做武力统一国家或者统一哪个地方的弥天大梦。

　　谈起最终的失败，刘镇守使便说，那是命中的气数尽了，没办法，就是不败给秦城的王旅长和钱团长，早晚也还得败给蒋总司令北伐的国民革命军。

　　这年九月，第二次直奉战争爆发，张大帅调动六路大军入关讨伐曹吴的北京政府。刘镇守使以为奉张不是曹吴的对手，想看看风头，依旧打着直系北京政府的旗号，还发了声讨奉张的通电，这就平生第一次打错了算盘，给了王旅长和钱团长灭他的机会。王旅长和钱团长先是打着奉张的旗号围城，后来就在奉军的炮火支援下攻城，攻得很猛，不给他喘气的空。攻至第三日，两颗炮弹轰进了镇守使署，炸死了十数个手枪队的兵士，还炸伤了几个老妈子。

　　刘镇守使清楚，这回王旅长和钱团长有了奉张的支持，真玩上命了，要想像过去几回那样使个离间的手腕，或助点饷让他们滚蛋再无可能，遂想到了三十六计"走为上"那一计，决意收拾细软退出石城。

　　撤退的决定是在镇守使署的军政会议上做出的，一切都从容不迫。散会之后，刘镇守使又披着满天星光，亲自到马家找了卜守茹，让卜守茹吃了一惊，——这么多年了，每回都是卜守茹去镇守使署，刘镇守使从未到马家来过。

卜守茹要刘镇守使进屋，刘镇守使不进，就顶着满天星斗儿，站在头进院里对卜守茹说："守茹，仗打成这样，太祸害城里百姓了，我得走，已定下了，就在明儿个。"

卜守茹吃了一惊："你……你昨儿个不还说咱石城固若金汤么？咋说走就走了？"

刘镇守使惨笑道："那是骗人的话，像我这种带兵的人都骗人。"

卜守茹还不信："这城真就守不住了么？"

刘镇守使点点头："守不住了。但凡有一线希望，我也不愿走这一步的。"

卜守茹问："你走了我咋办？"

刘镇守使叹了口气："我就是为这来的，我……我想接你走……"

卜守茹又问："那我的轿子、轿行咋办？"

刘镇守使说："这就顾不上了，你得看开点。"

卜守茹偏就看不开，摇头道："我只剩下轿子、轿号了，没有它，我……我都不知该咋活！"

刘镇守使说："你还有个闺女，叫刘天红。"

卜守茹想了想："天红跟你，我放心。"

刘镇守使不看卜守茹，只看天上的星："我知道你的心，也料定你不想走，可我总还得来，得把该说的话说了。"

卜守茹问："该说些啥？"

刘镇守使依然看天上的星："进了城的王旅长和钱团长都不是我，再不会明里暗里帮着你了，商会汤会长那帮人也早就看你不顺眼了，你若留下来就得小心，且不可再把今日当昨日。"

卜守茹点了下头："这我知道。"

刘镇守使把脸转向卜守茹："第二呢，还得防着马家的族人，天赐不在了，他们没准会以马家的名义夺你的家产轿子。"

卜守茹说："这他们不敢，就是我答应，帮门的弟兄也不会答应。"

刘镇守使又道："守茹，还有句话我得说……"

卜守茹道："你说！"

刘镇守使定定地看着卜守茹："你这人骨子里并不像表面上显出的那么强，你终是女人，心里孤苦得很……卜守茹忙道："你别说了……"

刘镇守使偏要说："我看准你不要紧，切不可让世人也看准你，心里再怎么恓惶也得支撑住身架……"

卜守茹动了真情，觉着刘镇守使在如此紧急的情况下还这么惦记她，还想得这么周到，实是难得，不由鼻子酸酸的，颤着心问："你这一走还会回么？"

刘镇守使那当儿还存有东山再起的幻想，就说："我自是要回的，只不知时候早晚罢了！"

卜守茹说："那我等着你！"

刘镇守使道："何不这就跟我走？到如今了，我对你的真心你还不知道么？……退一万步说，就是不愿做我的四姨太，也能到别处弄轿么，再者，我在北京、天津都还有生意，你也能帮我做的。"

卜守茹说："不，我不走，这里的麻石道是我的命，我弄轿也得在这弄！"又说，"我……我还得在这等人……"

"等谁？是天赐么？"

卜守茹想说，不但是天赐，还有她的巴哥哥，却没说，只点点头道："天赐会来找我的，再大一点，他必会来找我……"

刘镇守使道："天赐是你儿，天红也是你闺女呀，你在这等天赐，就不怕将来天红不认你这娘？"

卜守茹说："天红日后若是不认娘，我就找你算账。"

刘镇守使笑道："只怕到那时你找不到我了，我也不是当年了，也六十多了……"

卜守茹这才骤然发现，刘镇守使也老了，再不是当年那个带兵炮轰会办府的刘协统了。

刘镇守使看着卜守茹："多少人老了，只你没老，还是当年那样，像是比当年还俊！"

　　卜守茹说："你也不老，我还等着你领兵打回来呢！"

　　刘镇守使道："那你就等着吧，不为别的，只为了你卜守茹，我刘某人也得打回来……"

　　这晚，刘镇守使虽是从容不迫，离别的诗却未及做，只在马家院里站了一会儿便走了，临走时说定，要卜守茹征集轿子，送他家眷退出石城。

　　卜守茹应了，命仇三爷连夜去办，天亮便征调了一千二百乘轿子，交镇守使署支配。镇守使署派了一个副官长管轿，三百多乘去了刘家，抬刘镇守使的家眷随从并那十几年中收罗的金银细软，四百多乘分给了其他军官和他们的家眷。还有五百乘让刘镇守使的大兵们弄去抬军火。这还不够，满街乱窜的败兵们又四下里抢了些，总计动用的轿子只怕不下一千七百乘。

　　撤退称得上浩浩荡荡。道上挤得最多的不是枪炮人马，却是轿，各式各样的轿。有些轿的轿帘、轿布被扯了，只落个架子，上面抬着炮弹，还有连珠枪。抬轿的轿夫都被兵们用枪看着，一个个累得直喘粗气。卜守茹看了真心疼，疼她的轿，也疼那些轿夫。

　　败逃的队伍是一大早从城北门出去的，城北门的围军昨夜被打溃了，大禹山制高点也被控制了，北去的一路都很安全。可城南方向一直响着激烈的枪炮声，情况似乎不妙。刘镇守使却说，城南有整整一个团顶住打，王旅长和钱团长天黑前破不了城。刘镇守使一点不急，出城到了沿江大堤上，还冲着城里看了好半天，才慢吞吞上了轿。

　　卜守茹这日也坐在轿里给刘镇守使送行，刘镇守使不让送，卜守茹非要送——这么做，既是为了刘镇守使和才三岁的小天红，也是为了她的轿，她实在担心她不跟着，这许多轿子会越飘越远，直到不见踪影。

　　天红是和卜守茹坐在一起的，整整一天，卜守茹都抱着天红。天红很乖，也认她这个娘，口口声声喊着娘，用小手指着田地里的牛羊、庄稼问这问那，问得卜守茹老想哭。当晚，到了一个叫单集的小地方，队伍落脚不走了，卜守茹抱着天红见了刘镇守使，说："你不走，我就得把轿带走了，送君千里，终有一别。"

刘镇守使神色黯然，指着卜守茹怀里的天红问："你真舍得扔下天红？"

卜守茹想笑一下，泪却一下子涌了出来："跟你我放心，我……我说过的……"

刘镇守使又问："这十多年了，你和我有多少情义是真的？"

卜守茹道："都是真的，你就是不做镇守使，我……我也会这么对你！"

刘镇守使点点头："我也这样想。"

卜守茹道："说话就得分手了，我……也想和你交待几句。"

刘镇守使看着她："你说。"

卜守茹任泪在脸上流着："你得对天红好，得让天红起小上规矩，日后能有个大家闺秀的模样，别再让天红像我，从小没人管，没人问，弄得像个野人似的。"

刘镇守使答应了："成。"

卜守茹又说："天红日后不论心性多高，都别让她再走我的路，女子无才便是德，孔圣人说的，你得记住了。"

刘镇守使不同意："心性高有啥不好？我就喜你这一点，没这，也没咱这许多年的交往。"

卜守茹脸上的泪流得更急："天红不是天赐，女人不能这么活。我没办法，天红有你就有办法。"

刘镇守使叹了口气："好吧，这我也听你的。"

卜守茹又说："还有一条，长大了让天红自己找婆家，别迫她去嫁她不愿嫁的人，更不能去给人做小！"

刘镇守使允诺道："只要那时我还有一口气，就依你今日这话做。"

卜守茹腿一软，在刘镇守使面前跪下了，要给刘镇守使磕头。

刘镇守使忙把卜守茹拉起了，叫天红给卜守茹磕头。

刘镇守使对天红说："这是你娘，你得记住！这世上她最疼你！"

天红规规矩矩给卜守茹磕了三个头，又和卜守茹相拥着哭成一团……

这夜，卜守茹带着轿队回石城了，刘镇守使要卜守茹次日天亮再走，卜守茹没答应，怕一答应下来，第二天会因着天红而变卦。

一路月光，映着一路凄凉。

卜守茹坐在四抬轿中像在云里雾里飘，脑中空空荡荡的。在凄凉的夜路上，卜守茹第一次感到怕，怕的是啥却不知道……

十六

石城攻下后，钱团长和上千号穿灰军装的兵进了城，王旅长却不急于进城，先在城外收编刘镇守使的降兵败将，把自己的混成旅变成了独立师，遂又回到秦城，见了奉天张大帅的代表，受张大帅之命就任督办，当日发表了讨直通电，宣布直系北京政府委派的那位驻节省城的赵督军为"曹吴内乱之帮凶，本省百姓之公敌，"要求全省军民齐心合力将其驱逐。

王督办在石城外忙活，钱团长就在石城里忙活，以抓通匪奸党之名，四下里搜刮抢掠，还杀了不少人，大观道两旁的电线杆上，天天吊着死人，满城的空气变得腥臭不堪，城中百姓都吓得要命。

到得第四日，王旅长的中将独立师长和督办的新身份都发表了，钱团长也就顺理成章地成了旅长兼镇守使。钱镇守使这才封了刀，邀了总商会的汤会长和一城的绅耆名流开会，说是王督办后天进城，各界都得意思意思，要有钱出钱，有力出力，还得举行隆重的欢迎仪式。汤会长和绅耆名流不敢说不办，都连连点头，说是王督办和钱镇守使解一城民众于水火倒悬，克复了石城，实是劳苦功高，就是钱镇守使不说，各界民众也得欢迎慰劳的。

卜守茹身为一城轿主，自然也在钱镇守使的邀请之列，便也来了，便也骂了刘镇守使几句，说刘镇守使确是祸害百姓的，临逃了，还抢了她"万乘兴"一千七八百乘轿，一多半都弄坏了，——有不少是回城后被钱镇守使的兵烧的，卜守茹就不敢说了。

坐在对面的汤会长见卜守茹这么说，便冷笑道："你那轿究竟是被抢的还是你卜姑奶奶送的,只怕就不好说了吧?你卜姑奶奶和那姓刘的关系可是不一般哩,咱石城的大人孩子谁不知道呀!"

卜守茹反唇相讥道:"你汤会长和姓刘的关系倒一般,可你咋老给姓刘的筹饷?这十几年来共计筹了多少,只怕你也说不清吧?"

钱镇守使听出了名堂,连连摆手道:"过去的事不谈了,你们只要把过去的心拿出一半对我,对王督办就行了。这么着吧,商会那十万的款我就冲你老汤要了,你老汤能给姓刘的筹款,自然也能给我筹的,筹不出我就办你!卜姑奶奶,你的事就算汤会长不说,我也知道!你别忘了,我当年就是巡防营的管带,和你那爹,和马二爷都是相熟的!看在当年你爹和马二爷的份上,我呢,先不办你通匪,可我也把话说在明处:欢迎式上出了啥麻烦,我都惟你是问!你可得叫你们帮门的混虫们小心了!还有,摊你的那份捐不能少了,少了一个子儿我就封你的轿号!"

第七天,一切准备妥后,王督办终于进城了,是从城西聚宝门进来的。最前面是军乐队和步兵,其后是马队、炮队,再后才是督办的手枪卫队。整个进城的队伍中连一乘轿都没有,这是和刘镇守使大大不同的。

王督办是坐在一辆汽车里进的城。汽车是黑色的,很旧,车身上有洋铁皮打着的补钉,像个吃力爬行着的大棺材。车两边的踏板上各站着一个卫兵,两个卫兵一手抓着车上的把手,一手提着机关大张的盒子炮。

卜守茹站在"老通达"门前的青石台阶上远远看到王督办的汽车,觉着很惊异,咋也弄不懂那黑乎乎的铁棺材没马拉,又没人抬,咋就会自己走?卜守茹问身边的仇三爷,仇三爷也摇头,道是从未见过这玩意儿。

王督办带来的这部车是石城第一部车,后来才知道是张大帅送的,是德国车,唤作"奔驰",名挺好听的。据政务会办金实甫后来说,车并不是张大帅的,却是张大帅缴直军哪个军长的,大帅嫌破,就赏了王督办。

王督办的"奔驰"在入城那日却没奔起来,蜗牛也似地爬,累得车屁股冒黑烟,车头冒白汽。麻石道本就不好走车,加之一会儿上坡,一会儿下坡,车便更累,终在"老通达"门前累倒了。卜守茹眼见着那车砰然响了一声,停下了。车停了，前面的军乐队、步队、马队都不知道，还吹吹打打向前走，两边被枪看着前来欢迎的百姓便笑。

这下王督办火了，从车里钻出来，揪出军装笔挺的年轻车夫当街扇耳光，还日娘捣奶奶地骂，嫌给自己丢了脸。车夫嘴角被打出了血，不敢擦，当即钻到车底去弄车，弄得军装皱皱的，还一身一脸的黑油。

卜守茹认定那个叫做"奔驰"的东西比不得轿子，心里很想看王督办继续出洋相，可因着自己轿主的身份和日后行轿的方便，便让仇三爷去和王督办说，从"老通达"取出一乘八抬大轿给王督办坐。

仇三爷已老得不像样了，王督办的卫兵便不怀疑仇三爷会谋害王督办，就把仇三爷带到了王督办面前。卜守茹远远看着仇三爷点头哈腰和王督办说话，嘴里已唤"老通达"的赵管事去备轿了。卜守茹相信，王督办除了坐她的轿，再无摆脱窘境的法儿。

殊不料，仇三爷回来说，那王督办偏就有骨气，只坐车，不坐轿，还自称是崇尚科学民主的新督办，不是刘镇守使那种封建余孽。

卜守茹笑了，和仇三爷说了句："那咱就别管了，看那黑棺材咋爬回去吧！"

车夫又捣弄了半天，车还是没弄好，卫兵们只好抬，一直抬到督办府门口……

这事让王督办大丢其脸，次日便传遍了全城，有好事者还编了歌唱：

督办的车真正快，一人坐着廿人抬。
过往行人要小心，碰散罚你八千块。

这歌不知啥时就传到了王督办耳里，王督办火了，在半个月后的政务会上拍着桌子训话说："妈了个B，老子这车为啥在城外不坏，单在城里坏？是车不好么？不是！老子的车在城外跑得呜呜的！老子的车是张大帅给的，大帅会把不好的车给我么？妈了个B，我今儿个给大家老少爷们说清了：谁要敢再说老子的车不好，老子就办他通匪！这是第一条。第二条，科学民主必得推行，全城都得给老子出钱铺路，这是石城走向科学的第一步。第三条就是民主，我中华民国立国已十几年了，大家都不知道么？咋还是抬轿的抬轿，坐轿的坐轿？这不是封建余孽是什么？啊？！轿号都得给老子封了，再不准走轿，谁敢走就抓起来，谁妈了个B的敢坐轿，老子就把他狗操的摁到汽车轮下去轧。"

王督办在会上把铺路和封轿号的事都交给政务会办金实甫去全权主办，还说要听从日本朋友山本先生的建议，从日本国和上海买些很科学的东洋车进来，办个"大发洋车股份有限公司"，专在将来铺好的街路上跑洋车。

政务会办金实甫留过洋，也崇尚科学民主，立马去办了，先召集汤会长和城里有关的绅耆开了谈话会，——有意没请大名鼎鼎的一城轿主卜守茹，金会办怕卜守茹知道查封轿行会带着四千轿夫拼命，影响自己的施政大计。金会办那时就知道卜守茹和四千轿夫不会善罢甘休，一定要拼上一场，他希望晚些时再来拼。

在谈话会上，金会办把王督办科学民主的意思都说了，要众人出钱出力，会同城中官兵一起铺路。

汤会长和众绅耆都呆了，整有一袋烟的工夫，没人吭一声说话。

金会办生气了，巡视着与会众人说："诸位是怎么一回事呀？是舍不得出钱修路，还是想当封建余孽？为什么给当年那姓刘的余孽筹饷那么卖力，做这功德无量的好事就不吭气了？"

汤会长见金会办还有讲道理的样子，便吞吞吐吐说："金会办，咱……咱不能因着城里的麻石道碍……碍着王督办走……走车，就……就非去铺路，其实，这……这城里的麻石道蛮好，破虽破了些，可也……也算是咱城中一景呢！"

金会办道："什么景呀？是科学的景么？不是呀！兄弟去过英吉利的伦敦，法兰西的巴黎，还有别国的许多地方，都没见过这么不科学的景！要科学，要进取，必得先修路，今日修白灰路，明日修士敏土路，后日就修铁路，惟此方可兴我石城，强我国家。这和王督办走不走车无关。王督办走不走车，路都要修。"

汤会长又道："就……就算修吧，也……也得慢慢来嘛，总不能说风就是雨呀，是……是不是咱们再从长计议？"

金会办把手枪甩到了桌面上，厉声道："不要议了，中国的事就是议来议去议糟的！南北议和，议了多少年，和了么？没有！兄弟办事就喜欢爽快，当年兄弟四处发动革命就凭的这风火一团的劲，今儿个，还得这么着！谁敢违抗，一律军法从事！"

汤会长不敢再言声了。

金会办又叹着气说："你们这些人呀，真是不懂道理，和你们商量，你们就耍刁，明明是好事，偏就不愿办！"

这当儿，开绸店的白老板站了起来，哆哆嗦嗦道："这……这是好事，谁不想办呢？谁又……又不想科……科学呢？只……只不知金会办和……和咱王督办想过没？修了路，走了车，这……这一城的轿子可咋办？四五千轿夫还指啥吃呀？"

金会办点点头："这话问的好。四五千轿夫的生计确是问题。对此，兄弟已想过了，年轻的，可以到我们王督办军中当兵吃粮，年岁大的，就去拉东洋车嘛。"

白老板又道："那……那轿主卜姑奶奶只……只怕也不好办哩，全城的轿都是她的，她……她拼了多少年命才夺到手的，为夺轿连亲爹亲夫亲子都不认，就会轻易放手了？不和你们玩命？金会办哪，你初来乍到有所不知，卜姑奶奶不是一般的人物哩，全城帮门都在她手上……"

金会办笑道："这就和诸位无关了，什么卜姑奶奶，什么帮门，兄弟自会对付。这女人识相便拉倒，真不识相，兄弟和王督办会依法治她的罪。兄弟早就听说这女人通匪的事了！姓刘的逃跑那日，不是她千乘相送，能带走那么多军火人马么？！这事你们都不要去和她说，兄弟就等着她闹上门来，治她个通匪滋事的死罪！"

谈话会结束后，几个有头脸的绅耆仍是不愿掏那笔数目大得吓人的修路钱，又相邀着去了汤会长家，向汤会长讨主意。汤会长啥主意没出，只叫大家拖上三日，并道，若是三日之后金会办不变主张，仍是要修这路，那就得老老实实掏钱了。

当晚，汤会长抛却了往日的仇隙和怨愤，孤轿去了马家，见了卜守茹，把金会办在绅耆谈话会上科学的计划全倒给了卜守茹，惊得卜守茹半天没做声，像是挨了枪。

汤会长说：" 卜姑奶奶，你别发呆。你得早拿主张了，晚了一切全完。"

卜守茹点点头："我知道。"

汤会长又说："硬拼只怕也不行，最好是请愿，眼下时兴这个。"

卜守茹又点了下头："我知道，我……我请愿……请愿……"

十七

两天后，一大早，"万乘兴"的各号轿子突然蜂拥到了街上。都是空轿，没坐人。轿子涌出街巷，涌到各处道口，上了大观道，又沿大观道往东城当年的镇守使署、现今的督办府门口的旷地上涌。大观道上的行人不少，都被骤然出现的轿流吓懵了，能躲的都躲到了一旁，没躲了的，就夹在路道上老实立着，任身边的轿潮水般淌，没谁能乱动一下，更没谁敢多说一句话。

那是个历史性的日子。石城即将消亡的麻石道上呈现出一种决死的悲壮。秋风是凄厉的，携着片片枯叶掠过石城楼厦的屋顶，发出阵阵不祥的啸声。天空阴湿，透着不明不白的灰黄，尘土飞扬在人们头顶，像一团团雾。立在城中的高处望去，满眼都是涌动的轿顶，大大小小各式各样都有。站到轿子经过的路边瞅，则四处都是迈动的腿和脚，那腿和脚踩着麻石地，造出了惊天动地的响。

卜守茹异常庄重，穿了身从未穿过的粉红绣花缎面夹衣，系了条红布里黑绸面的斗篷，一大早就和仇三爷一起，由帮门的十数个弟兄护着，默默到了独香亭茶楼。

到得茶楼楼上刚坐下，已有轿行的人来禀报，说是全城一百一十二家轿号都动了，刚上街时碰到了一些岗哨、散兵，岗哨、散兵大都没敢拦。卜守茹点点头，表示知道了。过了只十几分钟，远远就听到了滚雷般的脚步声，继而，卜守茹和仇三爷在独香亭茶楼窗前看到了从西城方向席卷过来的轿顶。

轿顶确是席卷过来的。席卷的速度极快，转眼间遮严了大观道的麻石路面，路面因此而骤然升高了许多，变得花花绿绿的，让人眼花缭乱。卜守茹看着那涌动的轿顶，不知咋的头就有些晕，便扶着窗台背过身。对面的窗子也开着，穿堂风挺大，卜守茹系着的斗篷被风撩起老高，飘到了窗外，像一面黑红相间的旗，猎猎舞动。仇三爷则一直看着窗外，一动不动，直到全部轿子过去，——总过了有两三袋烟的光景。

轿全过完了，仇三爷叹息道："此一去，不知这些轿可还回得来不！"

卜守茹不做声。

仇三爷又说："都是好轿呢！"

卜守茹这才说了句："要紧的不是轿，是路。"

仇三爷点点头："是哩。"

卜守茹叹了口气问："三爷，还记得我出阁前那日么？也是在这立着，有你，还有我巴哥哥，城里的麻石路都被雪盖着，一点看不见……"

仇三爷说："这哪忘得了？我记着呢，咱还在这吃了狗肉包子……"

卜守茹摇摇头："没在这吃狗肉包子，是回家后吃的。"

仇三爷记了起来："对，是回家后，小巴子就是那夜走的。"

卜守茹拉着仇三爷到茶桌前坐下了："三爷，今个晌中咱还吃狗肉包子，还要对门老刘家的。"

当下便叫小掌柜去办，——老掌柜去年死了，如今是小掌柜当家。这小掌柜可不如当年的老掌柜稳当，连话都没听清，就跑了，半天没回来，回来后又说，包子倒有，是昨天的，已叫伙计热了，立马送过来。

仇三爷一听就气了："混账东西！谁说这会儿吃的？再者，昨儿个的包子也能给卜姑奶奶吃么？把卜姑奶奶当啥人了？快叫老刘家立马包新的！正午送来！"

卜守茹摆摆手："算了，三爷，都啥时候了，就别和人家计较了。"

仇三爷不同意："卜姑奶奶，越是到这当儿，咱越得让他们上规矩！谁敢看轻姑奶奶您，我就和他拼命！"手一挥，对小掌柜道："去吧，就说卜姑奶奶说了，让他们立马包包子！馅要满，油水要足！"

小掌柜去了。

快十点，轿行的人又来禀报说，约摸有两千乘轿已到了督办府门前的旷地上，把旷地挤满了，把老街、大观道和炮标路三个通督办府的路口也挤满了。

卜守茹问："督办府门前的兵多么？"

轿行的人道："刚去时不多，后来就多了，有从督办府冲出来的，也有从别处来的，门口还架了几挺连珠枪。"

卜守茹便问："有人退么？"

轿行的人说："像没有。我一路过来，没见回头的轿。"

卜守茹抿了口茶，想了想："那好，你去吧！告诉赵管事他们，别动粗，咱这是请愿！"

轿行的来人刚要走，卜守茹又说："还有，叫赵管事他们多派人跑着点，别让我老揪着心，再对他说，过了下午三点还僵着，我就派人给老少爷们送饭去，饿不着他们。"

仇三爷瞅着卜守茹问："这……这请愿行么？王督办和……和那金会办若是不见赵管事他们，若是对……对他们开枪咋办？"

卜守茹不作声。

心里实是无底。尽管卜守茹为请愿的事筹划了整整两天，且把帮门的弟兄全派上了，还是没一点把握。刘镇守使退走时说得不错，她再不可把今日当昨日。

正思虑着，帮门的二掌门拐爷到了，蹬蹬蹬上了楼，冲到卜守茹面前急急道："卜姑奶奶，督办府的弟兄从里面传了话出来，说王督办不认这请愿，已和金会办和钱镇守使开了会，下令随时开枪，还调了马队、大刀队，只怕要伤人了……"

卜守茹"呼"地立了起来："传话的弟兄可靠么？"

拐爷道："绝对可靠，是镇守使署的副官。"

卜守茹还不信："他们就敢向这么多轿夫开枪？"

拐爷几乎要哭了："我的姑奶奶哟，你又不是不知道，这王督办一辈子玩枪，啥场面没见过？杀的人那叫海啦，在自己的督办府门口杀杀咱老百姓，还不玩儿似的！"

卜守茹木然点点头。

拐爷又说："卜姑奶奶，定盘星是你拿吧！姑奶奶你不怕事，拐爷我就和帮门的弟兄去和他们拼一场！"

卜守茹苦苦一笑："还拼啥？刘镇守使有那么多枪炮都没拼过王督办，咱又算老几？退吧，叫赵管事他们退走，越快越好……"

却来不及了，拐爷还没离窝，外边爆豆般的枪声已响了起来。

卜守茹和众人怔了片刻，都蜂拥到东面窗前去看。先还没看到啥，督办府离得挺远。过了没几分钟，才看到潮水般的人群沿大观道一路逃过来，许多人身上有血，抬着的轿也没了。显然还死了人，一些满身是血的汉子是被几个人架着跑的，街上有他们不断滴落的血，和一阵阵哀绝的哭号。

卜守茹看着街面上的凄惨景象，呆了。

一切都是那么不可思议。两小时前，大观道上还涌着那么多好轿，还那么红绿一片，这说变就变了，变成了这满街的悲怆，咋想都不像真的。卜守茹想过可能会垮，可没想到会垮得这么惨、这么快，连喘气的空隙都没有。

枪声益发激烈。是连珠枪，像有许多挺。

卜守茹从窗前回转身，满脸的泪。

拐爷小心说："卜姑奶奶，你……你别急，我再去看看，或许还……还有办法，至……至少我得把咱的轿抢些回来……"

卜守茹摇摇头："别去了，没用。"

拐爷说："有用，我叫赵管事他们稳住，逃也得带着轿逃嘛！"

卜守茹道："轿弄回去也没意思，日后没麻石道了，再……再没有了。"又擦去脸上的泪，强笑了笑，对拐爷说，"你就省点事吧。"

拐爷不听，还是去了。

拐爷出门没多会儿，满脸是血的赵管事跌跌撞撞进来了，号啕着对卜守茹禀报说："卜姑奶奶，完了，全……全完了，三挺连珠枪都开了火，打……打死十几，伤了不知几十还是几百，把……把督办府门前请愿的人都打……打傻了！……"

卜守茹说："你坐吧！"

赵管事不坐："咱落在督办府旷地上的轿也被大兵们烧了，正刮北风，轿又挤在一起，就……就像三国时火烧连营，点了一顶，就……就烧起一片……"

卜守茹说："看你那脸上的血，怪吓人的，快包包，坐下吃包子吧，包子立马就送来了……"

赵管事大吼："卜姑奶奶，这'万乘兴'是你的，你……你咋不急！还……还有心坐在这独香亭楼上吃包子！"

卜守茹道："我急有啥用？能从这楼上跳下去么？"

赵管事再不顾什么规矩，一把拉住卜守茹，把卜守茹往窗前拖："卜姑奶奶，你……你看那片烟，那……那片火，那是咱的轿啊！"

大观道东面确是升起了一片烟云，有的地方大，有的地方小，淡处淡着，浓处浓着。因是白日，见不着火，不过，卜守茹能想象到两千乘轿子被火烧着后的情形，那必是十分壮观的，若在夜间，只怕火光能映红全城。

泪水潸然而下，卜守茹两手死死撑着窗台硬挺着，才没让自己倒下去……

后来，又有些轿行的人接二连三来禀报，说是马队上街了，说是大刀队上街了，说是大兵们满城窜着抢轿号贴封条，还抓人。卜守茹只是听，一句话没有，也不再哭。

到正午，要的狗肉包子送来了，卜守茹招呼大家都吃包子。

吃着包子，卜守茹痴痴地盯着仇三爷满头的白发说："三爷，你老了，就是今个请愿请准了，你……你老也不能替我弄轿了，我……我都想好了，替你在乡下老家盖几间屋，就像……就像当年对我爹。"

仇三爷老泪直往茶桌上落，不说话。

卜守茹又问："当年把我爹送到乡下，我爹恨我，今个儿你回乡下也会恨我么？"

仇三爷哽咽道："我……我不恨你，你信得过我，让我替你弄了十几年轿，也……也让我长了见识,我……我得谢你呢!你……你比你爹强,比马二爷更强,今儿个灭……灭你的不是人,是天,是天呀……"

这时,外面的街上已响起了马蹄声,还有大兵们沿街跑步的脚步声。那阵阵脚步声时而远,时而近,有一阵子似乎就在独香亭茶楼门前响。

赵管事预感到要出事,劝卜守茹快离开这里,出城躲躲。

卜守茹不理,仍和仇三爷叙旧:"三爷,还记得你和巴哥哥抬我进城那日唱的歌么?就是在大禹山山塝上唱的那支。"

仇三爷问:"是《迎轿入洞房》吧?"

卜守茹道:"是的。那歌怪好听的。三爷,你还能唱么?再唱遍给我听听吧。"

仇三爷愣了一下,先是哼,后就拖着沙哑的老嗓门唱了起来:

哥哥我迎轿吹吹打打入洞房,
洞房亮亮我拥着妹妹心慌慌,
……

就唱了两句,王督办的大兵提刀掂枪冲上了楼,为首的一个连长用盒子炮瞄着卜守茹高喝:"卜守茹,老子总算找到你了!你和俺督办、会办作对,今儿个算作到头了!"连长手上的盒子炮又冲着众人挑了挑,"还有你们,也都他妈的作到头了!"

茶楼上的人都呆了,一个个僵尸也似的,只卜守茹不慌,搁下手中的包子,用放在桌上的绢帕揩了揩手,问那连长:"是在这儿把我办了,还是找个避人的地方办呀?"

连长道:"好一个卜姑奶奶,还真有点胆气!"

卜守茹笑笑:"不咋,没你们王督办胆气大,他敢用连珠枪成百成千地扫人,姑奶奶就不敢!"

连长哼了一声:"你他妈还敢妖言惑众!"

卜守茹不再睬那连长，像啥也没发生一样，又对仇三爷说："你老唱呀，咋不唱了？就是马上办掉我，我也得听完你老的歌哩！"

仇三爷这才接着唱道：

十年相思我等呀等得苦，

为今日，我抬散了抬散了多少日头和月亮……

仇三爷唱得痴，卜守茹听得痴，那连长就觉着自己受了轻薄，任啥没说，走到仇三爷身后，手一抬，把盒子炮对着仇三爷的花白脑袋搂响了，只一枪就永远打断了仇三爷的歌声。

打毕，连长把枪瞄着卜守茹，对卜守茹说："这下没心思了吧？走吧，我的卜姑奶奶，俺会办大人要见你！"

卜守茹整了整鬓发，缓缓地立起，让身边的人替她系上那袭红里黑面的斗篷，瞅着倒在一边的仇三爷，声音喑哑地对赵管事交待说："把……把三爷葬……葬了，要厚葬，替……替我多烧两把纸……"

言罢，任谁没看，抬脚就往楼下走。

一楼人叫着姑奶奶，都哭了。

十八

　　这屋不是监号，却是会客厅，蛮大的，四周都有窗子。窗上的窗帘都没拉严，太阳白亮的光从窗帘缝里挤进来，尘土在光中飞扬，给静止的空气造出了几分无声的喧闹。正墙上有个带报春鸟的大挂钟在滴答滴答走。桌上有茶，还热着，白生生的水汽烟也似地飘。这让卜守茹生出了联想，让她在那飘渺的水汽中看到了被烧的轿。

　　呆了只一会儿，门就开了，连长和几个挎枪的兵走进来，说是金会办立马到，要卜守茹放老实点。卜守茹没理。连长恼道："你轻薄我这个小连长行，要敢轻薄金会办，真就活到头了，眼下修路，金会办说一不二，王督办都听金会办的。"

　　连长的这番话刚说完，又有几个兵拥着个约摸四十出头的中年汉子进了屋。中年汉子没穿军装，穿的是洋服，粗且短的脖子上打着领带，脚上穿着白皮鞋。连长和兵们忙向中年汉子举手打礼，中年汉子看都不看，一屁股在卜守茹对面的椅子上坐下了。

　　连长口口声声叫着会办，指着卜守茹说："这就是唆使全城轿夫暴乱的卜姑奶奶。我们到她家去抓没抓到，是在独香亭茶楼抓着的。"

　　金会办"哦"了声，把目光投过来，盯着卜守茹看，看着看着，目光和脸色就不对了，眉头紧皱着讷讷道："你……你就是那个鼎鼎大名的卜姑奶奶？啊？这，你这脸咋这么熟？兄弟……兄弟好像在哪见过你？"

　　卜守茹原倒没怎么注意金会办，只在金会办进屋时无意中瞅了一眼，后就偏过身子去喝茶。听得这话，也认真去看金会办，一看就愣了：这哪是金会办？分明是梦中常见的巴哥哥，只不过比梦中老相了些，脸上有块疤，大约是在这十几年的征战中被打的吧？

卜守茹立起来，怔怔地盯着金会办，惨绝地叫了声："巴哥哥……"

金会办也站了起来，还向卜守茹跟前走，嘴里说着："啥巴哥哥？兄弟姓金，表字实甫。"

卜守茹不信："你……你是巴哥哥……"

金会办想到了啥，眼睛一亮，叫了起来："兄弟记起了，兄弟确是见过你！在辛亥年的春里见的你。当时，满城的清兵抓革命党，是你用轿送兄弟出的城……"

金会办这么一说，卜守茹也想起了当年。当年那革命党就像巴哥哥，现今仍是像，难怪会弄错。又记起当年在轿里，一左一右坐着，自己因着革命党像巴哥哥就想过和革命党走。

卜守茹这才恍恍然问："你是……是当年那革命党？"

金会办连连点头："是哩，是哩！兄弟的命当年可是攥在你卜姑奶奶手上的。你和麻老五在堂屋商量时，兄弟的心吊到了喉咙口上，你要说声带，兄弟就完了……"

卜守茹立马想起了请愿死去的人，和在督办府门前旷地上烧的轿，脸色变了："你……你终是命大的，今日你没完，倒是我完了，完在你这革命党手上了……"

金会办很尴尬，半天没说话，只在屋里来回踱步，后又挥挥手把连长和屋里的兵全赶走。连长走时已看出了点眉目，再不敢轻慢卜守茹，给金会办打过礼后，又给卜守茹打礼，也不管卜守茹睬不睬他。

连长和兵们走后，金会办才对卜守茹说："卜姑奶奶，兄弟对你不起，兄弟……兄弟实不知这一城轿主原是你，就是到今日上午督办府门前打起来都不知……"

卜守茹问："知道又咋样？你就不修路了？"

金会办道："若是知道，就没有督府门前的那一出了，王督办下令开枪，兄弟……兄弟会拦的……"

卜守茹坚持问："别说这，我只问你修不修路？"

金会办想了下："这兄弟不能骗你，路……路还是要修的。"

卜守茹火了："就为了你们屠夫督办的那辆破车么？为了它，你们用连珠枪扫我的人，点火烧我的轿，还把我抓到这来。你……你们不觉着丧良心么？！"

金会办小心道："卜姑奶奶，兄弟不怕你生气，兄弟得说，这你错了。兄弟修路不单是为了王督办的车，更是为了造福国人和后世。修了路，石城交通方可便利，地方才会有发展，不修路任啥都无从谈起。"

卜守茹紧盯着金会办，眼里汪上了泪："这麻石路又有啥不好？千百年了，咱世世辈辈不……不都这么走过来了么？"任泪从眼窝里流出，在白白的脸上挂着，又哽咽着说："你……你不知道我多喜咱城里的麻石路，就……就道它是我的命都不为过哩！"

金会办叹了口气说："可你再喜也无法。今日兄弟得葬它，咋说也得葬它。正因着千百年国人都走着这条老路，今日才得变一变。兄弟这里说的老路不单指一城的麻石路，也是指国人脑里的想法。兄弟以为，中国要进步，非效法西方列强科学民主之道路再无它途。这道理兄弟也常和王督办讲起，兄弟说……"

卜守茹不愿听，头一扬，打断金会办的话头："你别说了，你这话我听得烦，我只问你，你讲科学民主，可还讲良心？"

金会办道："兄弟自是讲良心的。兄弟对不起姑奶奶你，兄弟现在就给姑奶奶赔罪。"

卜守茹揩去了脸上的泪："这话我也不要听，你……你只说日后想咋办吧！"

金会办道："这正是兄弟要和卜姑奶奶谈的。刚才说话时，兄弟就想了，兄弟不能亏了姑奶奶你，兄弟想让你专办咱全城的洋车行。这事兄弟和王督办已商定了，还派人到日本国和上海分头办了第一批三百辆洋车，车行名号都起了，唤作'大发洋车股份有限公司'，就让你管着。"

卜守茹只盯着金会办看，脸面上冷冷的，不做声。

金会办又说:"咱明里说是合伙,实则只你说了算,总经理就……就让你当。这主兄弟做得了。分成自是好商量的,王督办一份,姑奶奶你一份,还有……还有就是兄弟这份了。兄弟对不起你,所以……所以,兄弟想好了,兄弟头一年的份钱一个子不拿,都算你的,这……这总算有良心吧?"

卜守茹哼了一声:"原来你们不让我行轿,是……是图想着发自己的财呀!"

金会办又尴尬了:"这从何说起?办车行不是为了造福国人,方便百姓么?那洋车好着哩!你没坐过,自是不知。兄弟却是坐过的,在上海坐的。只一人拉,在士敏土道上跑起来生风。拉的省力,坐的也舒服,实是比轿子科学。再者说,就是兄弟和王督办不弄洋车行,也还得有别人弄的,与其人家弄,倒不如自己弄了……"

卜守茹道:"谁弄我不管,反正我不弄。我只要你们给我块立身的地盘,别把路修到西城去,让我在西城麻石道照走我的轿。"

金会办连声叹气,大摇其头:"姑奶奶,你这不是要难为死兄弟么?你又不是不知道,王督办已下了死命令,要禁绝轿子,敢再坐轿走轿的都抓。你自己想想,这事兄弟能答应你么?!"

卜守茹逼定金会办:"你能,你是政务会办,在这事上王督办只听你的。"

金会办被逼急了,硬梆梆道:"就算能兄弟也不会答应!须知,军令政令都不是儿戏,断不可改来变去的!况且,督办府门前已死了那么多人,咋说也是不能改的!"

卜守茹自知事情已无可回旋,呆了会儿,凄然说:"既……既如此,我没啥可说的了,金会办,你……你把我关起来,治我的罪吧!"

金会办道:"这叫啥话?兄弟准备一下,明晚摆酒给你压惊……"

卜守茹摇摇头:"别费这心了,你那酒我不会去喝!"

金会办说:"喝不喝在你,请不请在我,兄弟得对得起你卜姑奶奶,不能落个不讲良心的坏名声。"

卜守茹点点头:"那好,我去,就坐轿去,你给我备轿吧!要八抬的。"

金会办火了:"你敢叫我这禁轿的会办给你备轿?!兄弟再给你说一遍,轿子要禁绝！禁绝！"

　　卜守茹疯笑道："禁绝？笑话了！姑奶奶我是坐着轿到石城来的，姑奶奶的命是系在轿上的！你们谁禁得了？姑奶奶我明人不做暗事，今儿个当面和你说清了，这轿姑奶奶就要坐，从今往后仍旧天天坐，直坐到我死那天！坐到你们治我罪那天！你实是要禁，就得叫那屠夫督办去备连珠枪，用连珠枪禁！"

　　金会办认定卜守茹是疯了，无可奈何地看着卜守茹，不知所措。

　　卜守茹则认定自己该说的话都说完了，也许一生的话都说完了，便不再去睬金会办，身子一转，木然出了会客厅，又飘飘忽忽到了督办府高大森严的门楼下。

　　正是夕阳垂落时，远处的天际一片辉煌火爆的红，如同燃着满天的大火。风悲凉且热烈地刮着，呼呼有声，似也在遥助着夕阳的火势。督办府门前的旷地上一派狼藉，满目残轿仿佛被夕阳的火光再次点着了。卜守茹极真切地听到了"毕毕剥剥"的火声，觉着天地间的一切都烧起来了，世上所有的东西，——包括她自己，都在这壮阔的燃烧中化作了缭绕着缕缕青烟的灰烬……

十九

一乘上方无遮无拦的小轿从江岸西码头方向飘过来,沿大观道一路奔东。

轿是很新的,周圈围着红绸布的裙衣,青漆味挺浓,轿身轿杠上现着熠熠发亮的光。

抬轿的是两个穿绣花轿衣的后生,腰杆挺得直,脚步迈得稳,咋看咋精神。轿上坐着的卜守茹却木痴得很,身子几乎被红红绿绿的布包严了,只露着一双绝无神采的眼,散在额前的一缕鬓发中已夹杂了些许银丝。

是一个大雪过后的冬日。四处惨白,天色阴暗,时而旋起的风,搅出阵阵令人迷乱的雪雾。

雪雾中的世界遍满凄惶:一些路段上的麻石已被扒了,却因着寒冬的来临未能按新法儿修好,石灰、炉渣的混合物堆在道旁,高高低低,杂乱一片,形如无人处置的垃圾。街路上行人近乎绝迹,大观道两边的轿号也被盖着官防的封条封死了,禁轿令贴得四处都是。世界就这么儿戏也似地变了,王督办的一纸禁轿令改变了石城的历史。石城的麻石路漂走了,卜守茹的好时光也随之漂走了,再无追回的希望。

小轿在身下吱吱呀呀响,风在耳边刮,两个年轻轿夫踏破积雪的脚步声,带来了久远的记忆——多少年前,也是这么一个大雪过后的冬日,也是在这一乘两人抬着的孤轿上,十八岁的卜守茹在巡视父亲败落的世界。那时,父亲败得很惨,她却没有失败感,她打量着那一路的凄惶,心如止水。

——那时的她,哪想要这一城的麻石道、一城的轿啊,她真心想要的是巴哥哥，只等着巴哥哥尽快用轿把她抬走，抬进一个恩恩爱爱的小窝里。是父亲夺去了巴哥哥的那份恩爱，半逼半诱让她走进了一个不属于女人的世界。她在那不属于女人的世界里厮杀拼争，造出了父亲和那些男人们都造不出的奇迹，临了，竟梦也似的失去了，这真荒唐。

如今，梦中的巴哥哥该回来了。

她知道巴哥哥的心性。她为一城轿主，巴哥哥不会回来，她败了，只剩下这乘孤轿了，巴哥哥就该回来了，回来和她说话，讲些好玩的事给她听。十几年了，巴哥哥见得也多了，不定肚里装了多少好玩的事呢！

还有儿子，她的天赐。天赐也会回来的。

儿子从根本上说不恨她，只恨她的轿，和她满城的轿号。天赐在那纸条上说得明白，要放火烧了那些轿呢。现如今轿真就烧了，天赐还能不回来么？没准哪天她坐着这乘孤轿行在街上，就会看到一个熟悉而又陌生的后生远远向她走来，叫着娘，把她接回家……

泪水不知咋的就糊了眼。满街杂乱的景状变得恍惚，就连前面那年轻轿夫的背也变得恍惚。因着恍惚，轿夫绣花轿衣后背上"万乘兴"三个大红字便烧起来，像一团火。

孤轿一路行着，到了独香亭茶楼门前。卜守茹在轿上顿了下脚，两个轿夫把轿落下了，前面一个小心地问："卜姑奶奶，到楼上歇歇脚，暖和暖和？"卜守茹点点头。

上了楼才发现，楼上并不肃静，拐爷手托紫砂壶，于火盆前的茶桌旁坐着，正给人家断事。屋里聚了不少人，也不知是哪路的，都在吵，口口声声要拐爷给个公道，卜守茹进来，他们都没注意。

小掌柜注意了，提着铜嘴大茶壶给卜守茹泡茶。

泡着茶，小掌柜问："卜姑奶奶，叫对门老刘家送笼狗肉包子？"

卜守茹"嗯"了声。

小掌柜又说："卜姑奶奶，我真算服你了！禁轿令都下了这么长时间了，您老还敢坐轿……"

卜守茹没理。

小掌柜叹了口气："只是卜姑奶奶，您……您老也得想开点，这路就算王督办、金会办不去修，日后总还要有人修，虽道是修了路不让行轿了，姑奶奶您还是能做些别的事的。"

卜守茹仍是不搭理。

小掌柜知道，卜守茹不搭理他，断不是因着他得罪了卜守茹，自全城轿夫大请愿那日以后，卜守茹就再没怎么说过话。

这时，坐在旁边桌上的拐爷才看见了卜守茹，把手上的紫砂壶往桌上一放，脆脆叫了声"卜姑奶奶"，极是恭敬地奔过来。屋里许多人也立了起来，同声叫着卜姑奶奶。

卜守茹冲着拐爷和众人拱拱手说："你们忙吧，我坐坐就走。"

拐爷指着一屋子人："卜姑奶奶，您老来得正好，这事我正断不下呢。昨儿个于宝宝手下的小子又惹麻烦了，为点屁大的事砸了人家孙掌柜的酒馆，孙掌柜就来找我，我不给断个公道行么？于宝宝今日竟敢不来！这狗东西知道你卜姑奶奶不管事了，就狂了，以为拐爷我治不了他……"

卜守茹手一摆，打断了拐爷的话："行了，你觉着该咋办就咋办吧！帮门的事我说不管就不管了，别再烦我。"

拐爷有些急："不是，卜姑奶奶，我不是要烦你，实是因为……"

卜守茹又摆摆手："你去吧，让我静静心。"

拐爷怯怯退去了，卜守茹才又想起了巴哥哥。

巴哥哥实是该回来了，就算在外面成了家也该回来看看她的，巴哥哥不会因着她当年要那轿就记恨她。小时候闯了祸，她总要向巴哥哥说自己的理，没理也能编出理来，巴哥哥便说她没有错，干啥都不会错。记得最清的是十岁那年秋里，就在独香亭茶楼上，她饿，又没钱买吃的，就偷拿了邻桌人家一个包子，被人打了个大耳光，脸上深深印着五道暗红的指痕。巴哥哥一见就气了，拖着她赶回来，和人打架，打输了，让人一脚踹得从楼梯上滚下来，一头一脸的血。就这么着，巴哥哥都不怪她，还说，饿了自是要吃，谁都有饿的时候。

今儿个，她多想搂着巴哥哥的脖子，再听巴哥哥这么说一回……

热腾腾的狗肉包子端来了，卜守茹吃着包子平和地对那两个年轻轿夫说："老刘家的狗肉包子我起小爱吃，为这还挨过人家的打。我总觉着这城里没啥好的，只老刘家的狗肉包子好。"

坐在卜守茹右首的轿夫想奉承卜守茹，说了句："还有姑奶奶您那一城的轿也好，真个是咱石城一景哩，咋也看不够。"

卜守茹一怔，眼里一下子又全是泪了。泪鼓涌出眼窝，顺着鼻根流到下巴上，又一滴滴悄无声息落到了白气扑腾的狗肉包子上，都被卜守茹自己默默吃下了肚……

二十

　　石城的麻石道就此永远消失，来年开春后，白灰炉渣便造出了满城平整的新街新路，新街新路上跑着一辆辆铃声清脆的东洋车，和三五辆新旧不一的汽车，时而还有装着枪弹、拖着大炮的卡车隆隆驰过，给石城带来了另一番未曾见过的景致。

　　王督办、金会办并商会的汤会长都有了汽车。王督办的汽车最新，是随着"大发洋车股份有限公司"的三百辆东洋车一起从上海买的，再不用人抬。须人抬的"奔驰"送了金会办，金会办却再没抬过，不知是因着路好，还是因着把车修好了。《石翁斋年事录》因此载称，"督办王某，嗜血屠夫也，终其一生无功德可言，惟石城修路一举尚可称道。"

　　在尚可称道的街路上，在洋车的车铃和汽车的喇叭声中，仍有一乘孤轿傲然飘着，从城西到城东，又从城东到城西，有时竟公然停在督办府旁的旷地上歇脚，示威似的，王督办和金会办手下的人都视若不见。

　　孤轿一飘四年，飘得悲凉且固执。

　　四年以后，蒋总司令的北伐军过来，打垮了王督办，禁轿令也就自然取消了，平整的街路上又有了些零零星星的轿。人们本以为卜姑奶奶要东山再起，——偏又怪了，卜姑奶奶非但没再打出"万乘兴"的招旗，大干一番，就连人们常见的那乘孤轿也不见了。卜姑奶奶自然也不见了，而且谁也记不起卜姑奶奶和那乘孤轿是啥时不见的，因啥不见的。

　　石城里乱传了一阵，传得有鼻子有眼。有的说卜姑奶奶到天津洋人的租界里去找当年的刘镇守使和她闺女天红去了，有的说卜姑奶奶不是去找刘镇守使，却是等到了儿子天赐，天赐把她接到南京去了，还有人说卜姑奶奶等到的是一个旧相好，和那旧相好私奔了，奔了北平。

传言自不可信，谁也没亲眼见着卜姑奶奶去了哪。

岁月悠悠，转眼悠却了二十年。

二十年后的一个冬日，当年"老通达"的赵管事说是亲眼见了，是在石城的有轨电车上见的。据赵管事描述，卜姑奶奶已是一个小老太婆模样，但当年风姿仍可辨出，极是干净利索，装扮倒寻常，身上也没系当年喜欢系的斗篷。卜姑奶奶扶着一个瘦瘦的老头儿，在独香居茶楼那站下了车。赵管事叫了声"卜姑奶奶"，卜姑奶奶却没应，赵管事想下车去追，车已开了。赵管事到前面一站下车，折回头再到独香亭茶楼去寻，卜姑奶奶和老头儿都无了踪影。

赵管事说这话时，身边一群年轻男女都觉得好奇，就问："啥卜姑奶奶呀？这人是干啥的？"

这些人竟不知道卜姑奶奶！

赵管事肃然起敬，忆及了当年："卜姑奶奶可算得咱石城有名的人物了，一城的男人都不及她！人家那是经过大事的，一生从未向谁低过头，那年王督办禁轿，用连珠枪扫，这边扫着，那边卜姑奶奶还稳坐在独香亭茶楼上吃狗肉包子，听人唱戏！嘿，这卜姑奶奶哟……"

赵管事和石城的老人就这般真切地铭记着卜姑奶奶，铭记着卜姑奶奶不同常人的传奇故事——甚或铭记着卜姑奶奶时常系在身上的红斗篷，黑斗篷，和卜姑奶奶身上特有的脂粉香味。许多石城老人都说，不论白个黑里，只要眼一闭就能看到卜姑奶奶坐在小轿上飘过来。卜姑奶奶身后的红斗篷抑或是黑斗篷迎风鼓涨着，周遭的空气中散发着让他们永难忘怀的脂粉的香味……

作于1992年9月
2017年8月修订

大 捷

（上篇）

一

血战爆发前的那个傍晚，方向公参谋和段仁义团长到下岗子村前沿阵地去巡视。那日天很暖和，春色还没被炮火轰碎，该绿的绿着，该青的青着，山坡地头缀着野花，四月的阳光泻满大地。地是麦地，麦子很好，从下岗子村前的山塝，一直铺到塝下的洗马河边。洗马河悄无声息地流，河面上漂浮着夕阳醉人的光晕。

谁也不相信马上要打仗，莫说新三团的弟兄们，就是身为团长的段仁义也不相信。从上岗子团部往下岗子村前沿走时，段仁义团长一直唠叨地里的庄稼，害得方向公参谋不断地提醒段仁义记住自己的身份：他不再是县长，而是团长；与他有关的，不是庄稼，是战争！

段仁义连连称是，走到下岗子村塝上时，似乎已有了较深刻的临战观念。他驻足站在塝上的野草丛中，眯着眼睛对塝下的麦田看，看到了许多裸脊梁和光脑袋，自以为发现了很严重的问题：

"这些老百姓咋还没撤离？"

方向公哭笑不得：

"段团长，你看清楚些，这是你的兵！"

段仁义一怔：

"我的兵？！他们在干啥？"

方向公没好气：

"挖战壕！"

"挖战壕？这好！这很好！"

"一俟打响，这里就是前沿！"

"好！这里做前沿好！哎，地形不错！"

段仁义一边说，一边往塝下走，还四处看着风景，没啥惭愧的意思。

下了塝，走近了，麦田里的士兵们纷纷爬起来和段仁义打招呼，口口声声喊他县长。他一概答应，一概抱拳，不住声地说，"弟兄们辛苦"、"弟兄们辛苦"，仿佛这些士兵不是在准备打仗，而是在帮他家垒院墙。看到岁数大些的士兵，他还凑过去聊两句家常，体恤地问人家在队伍上习惯不习惯啊？有个老头兵说不习惯，说完便哭，害得他眼圈也红了……

方向公看不下去了，眉头皱成了结，脸孔拉得老长，紧跟在段仁义身后一言不发。走到战壕中段土坡上时，看到一个十四五岁的小兵背对着他和段仁义撒尿，实在忍不住了，三脚两步跨到段仁义面前，阻住了段仁义去路，喝起了"立正"的口令。

没有几个人把他的口令当回事。那个和段仁义团长聊家常的老头兵还在抹眼泪，背对着他撒尿的小兵依然在撒尿。不远处的洼地上，一个脑袋上裹花布的老汉，不知是没听到口令，还是咋的，捏着嗓门继续唱《小寡妇上坟》，边唱边扭，围观的人扯着嗓门喝彩。两个只穿着裤衩的家伙在摔跤，从麦地里摔到新挖的战壕里，又从战壕里摔到隆起的新土堆上，听到口令也没停下来，身前身后还跟着不少人起哄。身边的一些士兵虽说勉强竖起来了，可一个个全像骨头散了架似的，歪歪斜斜。

这哪像要打恶仗的样子？！

方向公火透了，飞起一脚，将尿尿的小兵踹倒，拔出佩枪，冲着洼地上空"叭叭"放了两枪。

不料，两枪一打完，一个胡子拉碴的老汉兵便窜到他脚下，没待他明白过来是怎么回事，老汉兵已捏着一颗闪亮的弹壳，仰着核桃皮似的脸问他：

"方爷，您老打了几枪？"

他狠狠瞪了老汉兵一眼，又喝了声"立正"。

老汉兵站了起来，假模假样地立正了一下，便把脑袋倾过来：

"这种弹壳我要，烦请方爷您给我攒点。我给钱哩！给您老买烟吸也成……"

他劈面给了老汉兵一个耳光：

"你他妈是当兵吃粮的，还是收破烂的？！"

老汉兵不敢作声了。

段仁义为了缓和气氛，走到他面前道：

"方参谋好眼力哩！这老汉可真是收破烂的，大号就叫刘破烂，在三营侯营长手下当差，干得，咳，还不错！不错！"

他没理段仁义，只冲着刘破烂吼：

"三营的人跑到下岗子二营来干啥？"

"回方爷的话……"

"什么方爷？这里是国民革命军二十三路军的新三团！我方向公是二十三路军司令部派来的少校参谋，不是爷！"

刘破烂忙改口：

"是！是！方参谋！您老是参谋，比爷大，我知道……"

"你他妈究竟从上岗子跑到下岗子干什么？想做逃兵吗？！"

刘破烂慌了：

"呃，不，不是！回方爷……呃，不，不，回方参谋的话，是这样的：二营的营长不是兰爷兰尽忠么？兰爷昨儿个不是和我们三营侯营长侯爷打赌么？兰爷不是输了么？输的是两瓶酒，今儿个侯爷就让我来取了。咱给侯爷当差，得听喝。侯爷说：刘破烂你去拿酒，我要说不去，那就是违抗军令，您老训话时不是常给弟兄们说么，违抗军令要枪毙……"

面对这样的兵，他简直没办法。

方向以挥了挥手，命令刘破烂滚。

打发了三营的破烂，再看看远处、近处，才发现前沿二营的破烂们在枪声和口令的双重胁迫下，总算立好了。有的戳在壕沟里，有的戳在掘出的新土堆上。远处麦地里两个拉屎的士兵也提着破军裤立着,没遮严的半个屁股正对着他的脸膛。大伙儿的脸上明显带有怨愤,有的还向他翻白眼。

方向公真沮丧,不禁又一次想到:他将要在这场阻击战中指挥的,不是一支正规的国军队伍,而是一群穿上军装仅三个月的乌合之众。

按说,他可以和这群乌合之众毫无关系,可以安安生生在中将总司令韩培戈身边当参谋,可他偏想带兵,结果三个月前就和黾副官一起被派到这支破队伍来了,真是自找罪受。可既来了,这罪就得受下去,韩总司令对他恩重如山,再难他也不能辜负韩总司令。不是韩总司令,四年前他的性命就丢在武昌城外了。韩总司令在死人堆里发现了他,把他搭在马背上一气转进了四百里。

他和段仁义团长站在战壕边的土堆上。土是刚挖出来的,很软,他穿马靴的脚一点点往下陷,他没理会,愣愣盯着立正的士兵们看了好半天,才对出现在面前的二营长兰尽忠道:

"兰营长,这是你营三连、四连的弟兄吧?"

站在段仁义团长对面的兰尽忠点了点头。

"你给我看看,这一个个谁像兵!这里究竟是前沿阵地,还是你们卸甲甸的大集?"

兰尽忠不服气,吞吞吐吐地道:

"弟……弟兄们不是操练,是……是挖战壕!"

"挖战壕?"

他火更大了,半侧着身子,指点着身后的壕沟:

"你自己看看,这他妈的是战壕吗?!能把你们埋严实吗?!这样的兵,这样的战壕,能打仗吗?!若是打响以后,你丢了阵地,就不怕挨枪毙么?!"

他说的是实话,韩总司令的脾气他知道,丢了阵地,不说兰尽忠要挨枪毙,只怕他和段仁义团长也要挨枪毙。他恨恨地想,这帮连、营长们也真该毙上几个。

这种懈怠散慢的状况不能再继续下去了。再继续下去,阻击战前景将无法想象,二十三路军的军威也注定要在这里丧失殆尽!

对此，段仁义团长应该和他一样清楚。因而，他根本没和段仁义商量，就厉声宣布由段仁义训话。

段仁义显然没有思想准备，手按佩枪呆呆地愣了半晌，头一扭，问他：

"方参谋，我训点啥？"

他哼了一声：

"这还问我？你看看他们像军人么？像挖战壕的样子么？"

"是的！是的！"

段仁义似乎明白了，昂起脑袋，开始训话：

"弟兄们，方参谋说的不错！咹，不错！我们现在不是老百姓了，我们都是，咹，都是军人，抗日的革命军人！军人么，咹，就要有军人的样子，干什么就要像什么！咹，挖战壕，就要把战壕挖好，打仗，就要把仗打好，咹，来不得半点马虎！"

段仁义训得认真，一手叉着腰，一手频频舞动着，很像回事儿。

"马虎很要不得哟！兄弟当县长时，碰到过这么一件事，咹，上面让兄弟协拿一个反革命，反革命叫刘老八。兄弟派人，咹，去拿了。拿来一问，方知不对。反革命叫刘老八，兄弟拿的那厮叫刘老巴，一个是八九十的八，一个是'巴山夜雨'的巴，这就，咹，马虎了嘛！不是兄弟多个心眼，问了一下，岂不酿下大错？所以，不能马虎！咹，不能马虎！就说挖战壕吧，你们以为马马虎虎是哄我，哄方参谋？不对喽，是哄你自己嘛！仗一打起来，枪炮一响，谁倒霉？你们倒霉嘛！所以，要好好挖战壕，要听方参谋的！咹，听方参谋的，就是听我的。方参谋是为你们好，方参谋说，要准备打恶仗，兄弟认为很有道理。有道是，有备，咹，方可无患嘛！"

段仁义压根不是做团长的料，本该显示威严的训话，又被弄得稀稀松松。方向公不满地碰了碰段仁义的手，想提醒段仁义拿出一团之长的气派来，段仁义却没意会，依然和和气气地对着自己的部下信口开河：

"兄弟这个……这个对此是很有体会的呀！兄弟在卸甲甸当县长时，咹，有一个为政准则就是一切备于前。三年前的涝灾弟兄们还记得不？咱东面的长淳淹了吧？北边的王营子淹了吧？咱卸甲甸淹了没有？没淹！为啥呢？因为兄弟有了准备嘛！头年冬里就加固了河防，开了三条排水沟嘛！"

一扯到做县长的题目，段仁义的话就多了，内容便也扎实了。

方向公却焦虑起来，这里毕竟不是卸甲甸，眼见着太阳落了山，阵地上还这么混乱不堪，他不能任由段仁义瞎扯下去了。

他再次碰了碰段仁义团长的手，明确提醒道：

"段团长，时候不早了，您是不是……"

段仁义明白了，应了句"就完"，又对大伙儿道：

"挖战壕又不同于挖排水沟喽！咹，排水沟挖不好，最多是淹点田地，战壕挖不好，可要丢命流血哟！要是一仗打下来，大家把命送掉，兄弟我怎么向卸甲甸父老姐妹交待呀！啊？！兄弟是团长，咹，也是卸甲甸的县长哇！好了，我的话完了，众位好自为之吧！解散！"

就这么解散了，训话和不训话几乎差不多。方向公料定前沿的状况不会因为段仁义的这番训话而有什么根本改变。对这帮乌合之众他太了解了。

他向段仁义建议：鉴于目前各个阵地上的情况，吃过晚饭后连夜开会，进一步落实战前部署。段仁义马上点头，还当场通知了面前的二营长兰尽忠。接着，方向公又把二营的连排长们召到身边，再次向他们交待了前沿阵地战壕的深度、宽度和火力配备要点，命令他们彻夜赶工。交待完后还不放心，又从身边弟兄手里夺过一把铁锨，大声对那帮连排长说：

"都过来，看看老子是咋挖战壕的！"

二

段仁义团长认为,方参谋有点过分了。这仗打也可能打,可要说马上就会打起来,怕也不现实。他们新三团的任务很明确,是为河西会战打阻击。可若是鬼子们不从这里过,他们阻击谁?打谁?洗马河长得很,河东的鬼子从哪里过河都可能;进入河西会战地区的路很多,也未必非走他们据守的马鞍山不可。

不过,他没说出口。不是怕方参谋笑他不懂,而是怕此话一讲,松懈弟兄们的斗志。不管怎么说,准备充分点总没错,在战争中,什么情况都可能发生,过硬的队伍尚且松懈不得,何况他的这支破队伍!

见方参谋提着铁锨走远了,段仁义不无愠意地对二营长兰尽忠道:

"你们咋一点不给我争脸哇?侯营长,章营长没带过兵倒罢了,你兰尽忠既带过兵,又打过仗,咋也这么懈怠?!你看看这战壕挖的!能怪人家方参谋发火么?!"

兰尽忠恨恨地骂道:

"他火?妈的,老子还火呢!只要一打响,老子先在他狗日的背后搂一枪!"

他瞪了兰尽忠一眼:

"胡说!方参谋是二十三路军司令部派来的,谁敢动他一根毫毛,我段仁义决不饶他!"

兰尽忠眼皮一翻:

"这新三团的团长是你,还是他?"

他勉强笑了笑：

"随便！是我是他都一样，反正都是为了把仗打好！"

"可你是中校团长，他是少校参谋……"

他火了：

"什么中校、少校？我这团长咋当上的，别人不知道，你们还不知道吗？！不是你们在卸甲甸县城闹事，我会放着好好的县长不当，到这儿来受窝囊气？！我压根儿不是团长，就是有中将阶级，也得听人家方参谋的！"

兰尽忠不作声了。

段仁义叹了口气：

"要说带兵打仗，我不如方参谋，也不如你兰营长和其他营长，可看在抗日打鬼子的份上，你们都得给我多帮忙哇！"

兰尽忠垂首应了声：

"是！"

"还有，无论咋着，都不能和方参谋闹别扭，这人虽说狠了点，可是来帮咱补台的，不是拆台的，这点，咱们得明白！"

"是！"

"好了，你忙去吧！"

兰尽忠老老实实地走了，段仁义却不禁怅然起来，默默转过身子，望着脚下平静的洗马河发呆。天朦胧黑了，洗马河失却了夕阳赋予的辉煌，河面变得一片迷蒙。河面那边，一望无际的旷野消溶在黑暗的夜色中。也许将要被阻击的日伪军，正在河那边，正在暗夜的掩护下日夜兼程……

段仁义团长的心不禁一阵阵发颤。

段仁义怎么也想不到自己会在四十二岁的时候穿上国军军装，由国民政府属下的一名县长而一举变成中校团长。更没想到当了这团长没多久，就要率兵打仗。直到站在马鞍山下岗子村前沿阵地训话时，他还觉得这一切很不真实，恍惚置身于一个荒诞滑稽的梦中。

栽进这个梦中之前,他很确凿地做着县长,而且做了整整五年,做得勤勉努力,政绩说不上好,可也不坏。如果不是二十三路军三七七师炮营驻进了卸甲甸县城,如果不是炮营的弟兄和卸甲甸县城的民众拼了起来,他这县长是肯定能稳稳地做下去的。要命的是,不该发生的事却发生了,他没任何思想准备便被拖进了一场惊天动地的事变中。

事变是三个月前的一个夜间发生的。那夜枪声、炮声轰轰然响起来了,他还蒙在鼓里,根本没想到兰尽忠、章方正等人会瞒着他这个县长对国军的炮营动手。

炮营军纪不好,他是清楚的。该营驻进卸甲甸不到半年,就使七八个黄花闺女不明不白地怀了孕,他也是清楚的。为此,他曾两次亲赴炮营营部,三次召请炮营吕营长面谈,请吕营长约束部下。吕营长表面上很客气,说是要查、要办,可实际上既未查,也未办,手下的弟兄反而越闹越凶了,最后竟闹到了二道街赵寡妇头上,偷了赵寡妇一条看家狗。赵寡妇不是一般人物,号称"赵连长",年轻风骚,交际甚广,自卫团团长兰尽忠、决死队队长章方正、队副侯独眼等人,都是她家的常客,据说也都在她那"连"里效过力,结果便闹出了大麻烦。

那夜咋着打炮营的,他不清楚,只知道在他为枪声、炮声惊恐不安的时候,兰尽忠、章方正、侯独眼三人闯到他家来了,一进门,霍地都跪下了。他呆了,本能地觉得事情不妙。

"咋,是……是你们干的?"

兰尽忠点点头。

"为啥瞒着我?"

"我……我们不想连累你!"

这三人脑袋竟这么简单!闹出了这么大乱子,还说不想连累他!实际上,枪声一响,他被连累的命运已经注定了。身为县长,在他眼皮底下出了这么大的事,他是逃不脱干系的,况且又出在鬼子大兵压境的时候!炮营不管怎么说,是打鬼子的国军,纵然军纪败坏,也不该被自己人消灭。他气疯了,点名道姓大骂兰尽忠三人，一口咬定他们是叛乱，要他们立即把被俘的炮营幸存者放掉，并向二十三路军司令部自首。

三人一听这话，都站了起来，当即申明，他们不是叛乱，是为民除害！并宣称：如果他认为这是叛乱的话，他们从此以后就没这个县长了！

段仁义又气又怕，连夜骑马赶到三十里外的银洼车站，搭车去了省城，并于次日下午四时在省府议事厅找到了老主席高鸿图。高鸿图闻讯大惊，中断了正在开着的各界名流时局谈话会，硬拉着七八个名流和他一起搭车直驱二十三路军司令部。

二十三路军中将总司令韩培戈已先一步得知了事变的消息。进了司令部，他和高老主席刚要开口说话，韩培戈将军就很严厉地命令他们喝茶，他们哆哆嗦嗦捧着茶杯喝茶的时候，韩培戈将军黑着脸，把玩着手枪，身边的参谋长、副官处长一脸肃杀之气。

偏在这时，吕营长被放回来了，样子很狼狈，一只脚穿着马靴，一只脚趿着布鞋，没戴军帽，满身满脸都是泥水。韩培戈将军一看吕营长的样子就火了，绕着吕营长踱了一圈步，又盯着吕营长看了好半天，才从牙缝里挤出一句话：

"我给你的人呢？"

吕营长浑身直抖，不敢吭气。

韩培戈将军又问：

"我给你的炮呢？"

吕营长抖得更厉害，摇摇摆摆几乎要栽倒。

将军当着他和高老主席的面，一枪将吕营长击毙，大步走到军事地图前，对着标有"卸甲甸"字样的红圈，抬手又是一枪，尔后，把枪往桌上一摔，旁若无人地对参谋长交待道：

"命令三七七师一七六四团、一七六五团、一七六六团立即开拔，在明日拂晓前给我把卸甲甸轰掉！"

段仁义、高老主席并那同来的绅耆名流们都被将军的举动和命令惊呆了，一个个形同木偶。段仁义知道，将军的命令不是儿戏，三七七师三个团只要今夜开往卸甲甸,一切便无法挽回了,卸甲甸在重炮轰击下,将变成一片废墟,全城三万民众并他一家妻儿老小,都将化作炮口下的冤魂。

段仁义"扑通"一声,在将军面前跪下了。

高老主席和同来的名流们也纷纷跪下求情。

将军亲自去扶高老主席,又责令他们起来,还叹着气说:

"你们都是我的客人,在我的总司令部来这一手,外人看了会咋说呀?坐,都坐!"

段仁义和众人重新落座后,将军拉着脸问:

"这事你们看咋解决呢?"

高老主席道:

"对暴民首领,该抓的抓,该杀的杀!"

这也正是段仁义的想法。

将军却摇起了头:

"我抓谁?杀谁呀?此刻卸甲甸还在暴民手里呢!"

这倒也是。

高老主席说不出话了。

将军手一挥:

"有您鸿老和众位的面子,我不打了。这样吧:卸甲甸暴民吃掉我一个营,就还我一个团!把他们都编入国军,一来可增强我国军实力,二来和平解决了事变,三来也帮鸿老您肃整了地方,岂不皆大欢喜?"

高老主席一口答应了。

"好!好!如斯,则将军于国于民都功德无量!"

韩将军马上把犀利的目光瞄向了段仁义:

"既蒙鸿老恩准,那么这个团就请段县长来给我带喽!"

高老主席压根没想到这个问题,张口结舌道:

"将军,这……这段县长是省府委派来的地方行政长官,岂……岂可……"

韩将军冷冷道:

"县长是不是中国人？中国人要不要打鬼子？我打鬼子的队伍被段县长治下的暴民吃掉了，他这个县长不该为我这个总司令尽点义务么？！如若鸿老和段县长都不给我这个面子，我就只好公事公办，武装解决了！"

段仁义自知是在劫难逃了。事情很明显：这个团长他不干，韩培戈将军刚刚取消的命令又会重新发布下去——将军完全有理由这样做。那么他也许可以无忧无虑地活着，而他治下的那座县城和他曾与之朝夕相处的民众便全完了，他也就挣不脱那片废墟兼坟场给他带来的良心折磨了。

他紧张思索的当儿，高老主席又说：

"将军，此事关系重大，老……老朽是说，对韩将军您关系重大。这……这段县长能带兵打仗么？若是坏了二十三路军的名声，反倒让世人见笑您韩将军了！"

将军道：

"谁也不是生下来就会带兵的！只要段县长愿干，必能干好！我韩培戈保证他用不了半年就会成为像模像样的团长！"

他无话可说了，在高老主席和众绅耆名流告辞之后，像人质似的，被留在二十三路军司令部，当晚便接到了韩培戈将军亲笔签名的编建新三团的命令和一纸委任状；次日身着国军中校军装，和二十三路军司令部派下的少校参谋方向公，少校副官鼋泽明同赴卸甲甸；五天以后，在三七七师围城部队机枪重炮的胁迫下，把一支由卸甲甸一千八百余名老少爷们组成的队伍拉出了县城。

卸甲甸事变至此结束。

他段仁义因这场事变，把县长的位子搞丢了，四十二岁从军，做了兵头，如今还要在马鞍山打什么阻击战。

这真他妈天知道！

三

对这场天知道的阻击战，兰尽忠也没有丝毫兴趣。他关注的不是这一仗如何打好，而是如何保存实力。段仁义不是军事家，他是，他懂得实力对于带兵者的重要性。故尔，段仁义和方参谋等人一离开前沿阵地，他马上把营副周吉利和手下的四个连长找到下岗子村头的磨房门口商谈，准备在团部会议上讨价还价，扭转目前的被动局面。

现在的阻击布局对他的二营是不利的。他手下四个连，两个连摆在前沿阵地上作一线抵抗，另两个连摆在下岗子村里，准备策应增援前沿守军，并要在前沿崩溃后进行二线阻击。而二线和前沿之间的距离只有不到五百米，海拔标高只上升了三十七米，实际上的二线是不存在的。一俟打响，前沿阵地和上岗子村的守城机动部队都在日军的有效炮火打击范围内，日军在洗马河边就可以摧毁其防线。这样他的亏就吃大了，没准要全军覆灭。

这是混账方参谋安排的。段仁义不懂其中利害，方参谋懂。方参谋如此安排显然没安好心，显然是护着决死队章方正、侯独眼他们，单坑他兰尽忠。他兰尽忠不像章方正、侯独眼眼头那么活，只知有方参谋，不知有段团长。所以，人家才把章方正的一营、侯独眼的三营放在山上上岗子村观战，把他的二营推到前面挨打。

也怪他。他从一开始就错了，后来又接二连三地错下去，才造成了今天马鞍山上的这种倒霉局面。

三个月前的那场事变他就不该参加的。他和章方正、侯独眼既没磕过头换过帖，又没在一起混过事，只为着寡妇"赵连长"的一条狗便一起闹出这么大乱子，实属失当。"赵连长"和他相好没几天，和章方正、侯独眼却好了好几年，她找他发嗲没准是受了章、侯二人的挑唆。章、侯二人没在国军正规队伍上混过，又缺点胆气，知道他在国军队伍上做过连长，十有八九是想利用他吃掉二十三路军炮营，扩大决死队的实力，称霸地方。如果不是后来他的自卫团和他们二人的决死队都被编入新三团，没准决死队还要向自卫团下手——决死队有三百多号人，他的自卫团只有百十号人。

真拼起来，决死队三百多号人，不一定是自卫团百十号人的对手。决死队的人大都是些二杆子，护个家院行，打仗未必行。自卫团就不同了，在队伍上混过的不下三十人，参谋长章金奎正正经经在汤军团司令部做过三年手枪排长，副团长周吉利当过炮兵团的班长、伙夫长，他自己更带过一个机枪连参加过南口阻击战。不是因为后来作战负伤，他根本不会在去年年底回卸甲甸老家搞自卫团的。

一搞自卫团，就认识了寡妇"赵连长"，"赵连长"那当儿可比他兰尽忠神气，家里进进出出全是带枪的汉子。他先是托她买枪，后来又通过她和决死队的章方正、侯独眼打哈哈，再后来就上了她的大炕，把抗日爱国的热情全捐给了她温暖白皙的肚皮。

这就带来了麻烦。"赵连长"拎着狗皮往他面前一站，问他："除了会使那杆枪，别的枪还会使不？"他不能说不会。这里面是不是有名堂，哪还顾得着多想？！他和章方正、侯独眼合计了不到半小时，就决定了自己的命运，也决定了卸甲甸一城男人的命运。

第一步就这么错了。

发现这个要命的错误是在当天夜里。望着被捆绑起来的吕营长，望着吕营长身上的国军军装，猛然记起，自己也是穿过这种军装的。他觉得很荒唐，遂不顾章方正、侯独眼的极力反对，在天亮前放掉了吕营长，天亮后又放掉了一批受伤的士兵。

他因此认定，后来二十三路军司令部以收编的形式解决该夜的事变，与他的宽仁和醒悟有必然联系。段仁义于危难之中挺身而出拯救卸甲甸功不可没，他兰尽忠在力所能及的情况下缓和事态的发展，也大有功劳。

段仁义承认这一点，编建新三团时，很听他的话。他推荐他的把兄弟、自卫团参谋长章金奎给段仁义做团副，段仁义一口答应，当场委任。他建议以自卫团为基干，编一个营，段仁义马上编了。可也就是在这时，他犯下了第二个不可饶恕的错误：过高的估计了段仁义团长的法定权力，过低的估计了方参谋和龟副官的实际权力。他光惦记着要派章金奎抓住段仁义，忘记了看方参谋和龟副官的眼色，更忽略了警惕自己潜在的对手章方正、侯独眼。后来，看到方参谋、龟副官支持章、侯以决死队的人为骨干编两个营，他傻眼了。

队伍拉出卸甲甸，在邻县白集整训时，他开始努力纠正这一错误，尽可能地讨好方参谋和龟副官。龟副官抽烟，他就送"老炮台"、"白金龙"，方参谋爱喝酒，他就把家里珍藏了多年的老窖酒献出来，请方参谋喝。可这二人实在不是玩意，烟抽了，酒喝了，就是不帮忙。操练时，他提出，自卫团的原国军弟兄不少，可分派一些到一营、三营做连长、连副。二人先说：好，好。分配他们到一营、三营领着那帮豆腐兵上操，可后来，全又让他们回了二营。半个月前，突然宣布开拔，说是要打仗，这二人马上把二营推到第一线打主攻。幸亏那仗没打起来，二营才避免了一场血火之灾，保住了实力地位。

保存实力问题，是个重大的问题，根本的问题。不会保存实力，就不配带兵。他认为。这次开赴马鞍山进行阻击布防时，他很严肃地向章金奎交待过，要他一定抓稳段仁义，避免把二营放在最前沿。章金奎把段仁义说通了。可段仁义真没用，方参谋两句话一讲，一切全完了。据章金奎报告，方参谋说二营连排长基本上都是国军老人，有实战经验，只有把二营摆在前沿，阻击战才有保障。这实在混账！要打仗了，才想到他的连排长是国军老人，可要把这些国军老人派给一营、三营带兵，又他妈不行，这不明摆着耍他吗？！

他也不是省油灯，方参谋、龟副官耍他，他也可以耍他们。弟兄们挖的战壕很不像话，他是清楚的，看着方参谋发急，他一点儿也不急。这一仗打糟了，他要倒霉不错，方参谋更得倒霉！方参谋是二十三路军司令部派来的钦差大臣，负责全面战事，出了差错，头一个要挨枪毙的是他！

自然，这是消极的办法，不是好办法。如此不负责任，弟兄们和日本人接上火，必要付出代价。弟兄们付出的代价，就是他付出的代价，没有这些弟兄们，就没有他兰尽忠未来的前程。

团部的会马上要开，时间很紧迫，他不能多耽搁。往磨房门口的大树下一站，他开门见山把保存实力的问题提了出来，为加深周吉利和四个连长的存亡意识，还讲了自己经历的一段往事。

"……那年打蒋庙，兄弟真傻哟！长官要我好好打，我就好好打了，端着机枪打冲锋，结果倒好，一仗下来，伤亡两个排，长官又来了，问我还剩多少人？我说剩四十来号人，长官说，好，编一个排，我他妈不明不白由连长变成了排长，你们说冤不冤？！"

营副周吉利提醒道：

"后来在淮河边休整时，上面还是给咱归还建制了嘛！"

"是的，后来是归还建制了，可那是在汤军团，如今是在二十三路军！要指望打光以后，二十三路军的韩培戈给咱归还建制，那是做梦！"

周吉利一点即明，抓了抓头皮道：

"这倒也是！"

他点了一支烟，猛吸了一口，又说：

"军令不能违抗，实力又要保存，弟兄们拿主意吧！"

主意却不好拿，弟兄们都在月光下愣着。过了好半天，满脸麻子的一连长伍德贵才说：

"有担子得大家挑，如今把咱整个二营放在最前沿挡炮弹太不像话。咱能不能请段团长从章方正、侯独眼手下各抽一个连，以加强前沿防御为名，把他们也放上去？！"

四连长马大水认为有理：

"对，他们不上，咱就把话说清楚，这前沿兵力不足守不住，出了事咱不负责！"

周吉利眼珠一转：

"还得要团里把一营、三营的轻重机枪拨给我们。"

三连长钱勇却另辟蹊径道：

"最好还是调整一下防线，放弃下岗子前沿，全团固守上岗子一线，如果这样，担子就不全在我们二营身上了。"

……

大家七嘴八舌一议论，兰尽忠有底了，他认为，三连长钱勇的主意最好，最合他的意思。如果调整防线，全团固守上岗子，章方正和侯独眼绝对讨不了便宜。当然，退一步说，能从章、侯手下各抽一个连，换下前沿的三连、四连，也不失为一个英明主张。

然而，方参谋、黾副官会听他的吗？如果不听咋办？这仗还打不打？

日他娘，真不好办！

四

霍杰克在那晚的马鞍山上发现了生命的辉煌，凑着爆燃的篝火，他在日记本上写道：

"伟大的时刻就要到了，一场壮剧即将开始，我们手中的枪将瞄向侵略者的脑袋射击、射击！中华民族必定会在血火中获得新生。"

望着遍布山间的士兵，和四处燃着的火把，他还想做首诗，可只写出了"莫道书生空忧国，掷笔从戎救山河"两句，便写不下去了——不是缺乏诗才，肚子里没货，而是二连的欧阳贵和丁汉君打起来了，他不得不赶去处理。那晚，三营长侯顺心——他姐夫，到团部里开会去了，他以营副的身份，负责处理全营构筑阵地工事事宜。

二连的地段在上岗子村下沿，连长是原卸甲甸县城大发货栈掌柜别跃杰。他赶到斗殴现场时，别跃杰连鬼影也没有，只看见五大三粗的欧阳贵光着膀子在逞凶，面前的火堆已被他们踢散了，至少有四个人倒在地上呻吟不止——这其中有丁汉君。欧阳贵手执一根冒着青烟的树棍，站在一座土堆上疯狂地舞着，边舞边叫：

"不活了！不活了！大爷今儿个和你们这些×养的拼了！谁偎上来大爷就敲了谁！"

围观的人不少，有几个还跃跃欲试地想往土堆上爬，三排长老蔫已握起了枪。

这真荒唐！在伟大时刻即将到来的时候，自己的部下竟闹成这个样子！他当即拨开围观的士兵，走到被踢散的火堆旁厉声喝道：

"太不像话了，都给我散开！"

围观的人都不动，三排长老蔫依然攥着枪。

他更气了：

"你们是怎么回事！没听到我的命令吗？"

老蔫看了他一眼，指着土堆上的欧阳贵说：

"这个打铁的太不像话，把丁保长、赵甲长和章甲长几个人都打了。"

他问：

"为什么打？"

老蔫说：

"还不是因为挖掩体么？！丁保长没干过这种力气活，请欧阳贵帮着干，说是给钱。干完以后，丁保长也没赖账，只是一时拿不出钱，这小子就翻脸了，打了丁保长不说，还把劝架的赵甲长、章甲长揍了……"

站在土堆上的欧阳贵大叫：

"赵甲长、章甲长拉偏架！"

原保长丁汉君和几个挨了揍的甲长一听这话，口口声声叫起冤来，要他为他们作主。

霍杰克决定给他们作主。尽管丁汉君花钱请欧阳贵代挖掩体不像话，可欧阳贵如此不顾军纪，大打出手更不像话。说赵甲长、章甲长拉偏架他没看见，面前欧阳贵这副疯样他倒是看见了，丁汉君、赵甲长几个人挨了揍，他也看见了。

他头一仰，冲着土堆上的欧阳贵道：

"这是军队，不能这么胡闹！给我把棍扔了！"

欧阳贵显然不知道他已决意给丁汉君们作主，还当他是劝架，粗脖子一拧，说：

"霍营副，您歇着，今夜我单揍保长！×养的，还以为是在卸甲甸哩！"

霍杰克哭笑不得：

"这里没有保长！大家都是革命军人！你看看你这副样子，还像不像革命军人？！"

"革命军人是你们说的！我他娘是打铁的！"

"现在你在二十三路军新三团里！"

"去你的新三团吧！大爷是你们硬拉来的！这身狗皮是你们给大爷披上的！"

也是。整个新三团，大约除了他霍杰克，没有谁不是被硬拉来的。中国的悲哀也正在这里，亡国灭种的大祸已经临头了，愚昧的百姓们还只知有家，不知有国！就是硬把他们武装起来，他们还不好好尽忠报国，还经常闹事，经常逃跑。当了三个月营副，他处理了十九起打架斗殴，十二次逃跑事件。方参谋、笔副官夸他是全团最好的营副，他却觉着不是滋味。他本是一介书生，不是因为这些官兵素质太差，哪显得出他的好？！

他不由自主地摸起了枪，发狠道：

"欧阳贵，你给我下来！"

欧阳贵双手握着树棍：

"有胆量，你给大爷上来！"

"你下来！"

"你上来！"

他觉着欧阳贵真疯了，真想一枪把他撂倒在土堆上。

老鸢低声说了句：

"我带几个弟兄从后面上去把这狗日的扑倒咋样？"

他点了点头。

欧阳贵又喊：

"你只要敢上来，大爷连你一起揍，大爷认识你霍营副，大爷手中的棍不认识！大爷的棍单揍带长的！"

他忍无可忍了，勇敢地往土堆上走，边走边道：

"好，我霍杰克今天倒要领教一下你的棍！"

没想到，话刚落音，愣种欧阳贵竟从土堆上冲下来了，他未及作出反应，就被欧阳贵一棍击中，倒在土堆上。

恰在这时，老焉带着几个弟兄从欧阳贵身后扑上来，把欧阳贵按倒在地。报复的机会到了，丁汉君和那些甲长们当即跃过来，又踢又打。在交加的拳脚下，欧阳贵狼也似地嚎着。

欧阳贵也有一些支持者，看来还不少。他们一见欧阳贵挨了打，都操起了手中的汉阳造，用枪托子砸那些打人者。欧阳贵的哥哥欧阳富——一个老实巴脚的菜农吓得直喊：

"都……都甭打了！甭打了！咱……咱听霍营副的！霍营副会主持公道的！"

他因着这提醒，忍着痛，从地上爬起来，拔出身佩的驳壳枪，对空放了好几枪，才好歹制止了局面的进一步恶化。

望着面前愚昧无知的弟兄们，霍杰克真想哭！这就是中国的国军吗？这种国军能支撑起即将到来的伟大时刻么？在强敌的炮火下，他们的生命能和他的生命一样走向辉煌么？他可以不辱军人的使命，这些人也能不辱使命么？！真难说！

"这个别跃杰怎么搞的！整训了三个月，二连还这么乱哄哄的！"

老焉凄然一笑：

"从傍晚到现刻，别连长和范连副鬼影都没见着，弟兄们能不乱？"

他不由地一惊：

"会不会逃跑，快派人去找找！"

在白集整训时，别跃杰和他的连副范义芝就偷偷藏了便衣，准备开溜，他无意中发现了，狠狠训斥了他们一通，却并没向做营长的姐夫告发。

老焉搭眼瞅见了刘破烂，让刘破烂去找。

这时，被捆上了的欧阳贵又发起疯来，点名道姓大骂丁汉君，说丁汉君说话不算话，要把丁汉君的嘴割下来当×操。做哥哥的欧阳富劝他，他竟连欧阳富也骂了，一口一个"日他娘"。

霍杰克觉得很好笑，欧阳富的娘，不也是他欧阳贵的娘么？他问老蔫，欧阳贵是不是精神不正常？

老蔫道：

"不是精神不正常，是他妈猫尿灌多了，亲爹都不认了！不正常的倒有一个，不是欧阳贵，是欧阳俊，欧阳贵的堂弟！这三个欧阳都在我们排里！"

说罢，老蔫又解释了一下：欧阳俊倒不可怕，是文疯子，不是武疯子，倒是爱灌猫尿的欧阳贵最可怕，动不动就抡拳头。

霍杰克大为震惊：

"咋？还真有疯子兵？别跃杰咋不向我报告一下？"

"报告有啥用？咱这支队伍就是这么凑起来的！疯子兵也算个兵么！"

霍杰克呆住了。过去，他只知道这支队伍是闯了祸后被强征硬拉出来的，可连疯子都被拉来凑数，他无论想象力如何丰富也想不到。他思量，这个叫欧阳俊的文疯子得想法叫他回家，哪怕为此得罪做营长的姐夫和方参谋也在所不惜……

这时，二连长别跃杰和连副范义芝来了，不是被刘破烂找来的，而是被下岗子村的二营副周吉利押来的。他们已换了便装。别跃杰穿着一身长袍马褂，头上还扣了顶瓜皮帽。范义芝上身穿着对襟小薄袄，下身却还穿着军裤。他一望他们的装扮和二营的押解士兵，马上明白发生了什么。

果然，没容他问，二营副周吉利便说了：

"霍营副，咱大发货栈的别掌柜、国小的范校长不义气呀！大敌当前，他们偏逃跑，躲在下岗子猪圈里被兄弟活拿了。兄弟本想把他们押交方参谋军法处置，可一揣摩，方参谋没准得毙他们，还是交给你们吧！"

周吉利四处看了看，问：

"侯营长呢？"

他淡淡地道：

"不是和你们兰营长一起在团部开会么？！"

周吉利想了想：

"那我就把这两人交给你老弟了!"

说毕,周吉利带着二营的人回下岗子村去了,他二话没说,便令弟兄们把别跃杰,范义芝和发疯打人的欧阳贵捆成一串,亲自押往上岗子村里的营部……

伟大时刻到来前,他就这样并不伟大地忙碌着,害得那首起句不错的诗竟再也无暇做下去了。

五

　　一营长章方正坐在方参谋身边，不动声色地盯着桌子对面的兰尽忠看。桌上放着两盏油灯，一盏摆在团长段仁义面前，一盏摆在兰尽忠眼皮底下。兰尽忠正在论述自己的高明建议，跃动的灯火将他扁平的脸孔映得很亮。

　　在章方正看来，兰尽忠的建议无疑是不安好心的，这位据说是很有实战经验的兵痞，口口声声要打好，可实际上根本没想过咋着打好。前沿阵地搞得一塌糊涂兰尽忠还有理，还认为是方参谋安排错了，马上要打仗了，还忘不了最后伸一下手，还想把他和侯营长的兵力挖一点走，实在让人难以接受。他和侯营长凭什么要各献一个连给这兵痞？讹人也不能这么个讹法，只要把这两个连献出去，这两个连就肯定回不来了，兰尽忠势必要把他们打光。

　　搞自卫团的时候，兰尽忠还没有这么坏——至少他没看出来有这么坏。第一次和兰尽忠见面是在二道街寡妇"赵连长"家。"赵连长"说，兰尽忠是国军连长，抗日英雄，他还很尊敬过一阵子，还想把兰尽忠栽培到决死队做副队长。不料，兰尽忠心野得很，大概是嫌那副队长小了，自己拉起了抗日自卫团。拉起了队伍，兰尽忠和他依然相安无事，第二次在天龙酒馆喝酒，还送了把六轮手枪给他。来而不往非礼也，半个月后，他也送了三杆汉阳造给兰尽忠。正是有这种良好的关系，他们才有可能合作共事，实施那场武装驱逐炮营驻军的事变。

　　事变是迟早要发生的。吕营长太混帐，军纪败坏，滋扰地方不说，还瞧不起他的抗日决死队，有一回竟敢命令他的决死队去搬炮弹。故尔，决定动手时，他是很冷静的，表面上看是给赵寡妇面子，实则是给自己面子。他早打好了主意，干掉炮营，把队伍拉上山，既打日本人，也打围剿的国军，顺便再搞些杀富济贫。他伙上自卫团打，是思虑已久的，他认为，只要兰尽忠的自卫团跟着打，打出事了，就只有跟他上山一途。

然而，吃掉炮营以后，还没容他把杀富济贫的计划端出来，兰尽忠先把吕营长放了。继而，又拖着他和侯营长去了段仁义家。在段仁义那儿挨了骂，明明白白背上了"叛乱"的恶名，还不死心，还坚持放了炮营的伤兵。那时候，他实际上应该看出，兰尽忠并不简单，头脑是很清醒的，野心是很大的。兰尽忠不愿上山不是没胆量，而是想在国军的队伍里修成正果。当时，他推断和平解决事变的希望并不大，搞到最后，兰尽忠还得乖乖跟他走。

不曾想，弥勒佛县长段仁义竟说动了二十三路军的总司令韩培戈，和平解决了冲突。他和他的决死队因打国军而成了国军，这使他既惊又怕。

惊怕是有根据的，编成国军便要打仗，打仗必得死人。二十三路军总司令韩培戈若是想消灭他们易如反掌，几仗打下来，就可以叫他们全部壮烈或不壮烈地殉国。弄清了这一点之后，他和侯营长哽都没打便把兰尽忠卖了，和二十三路军司令部派来的方参谋、龟副官大诉冤情，说参与事变是上了兰尽忠的当，是兰尽忠和他的自卫团胁迫他们干的。这使方参谋和龟副官大为恼怒，方参谋当着他们的面说：兰尽忠做过国军连长，带头这么干实属混账！

如此搬弄是非，从良心上说有点对不起朋友。可整编的时候，兰尽忠也确凿不是他和侯营长的朋友了。兰尽忠很明显地想控制整个新三团。这兵痞自恃在国军队伍上混过，二十三路军的军装一穿，便人模狗样起来，让自己一拜的兄弟章金奎做了团副不算，还打破保甲分派制，把青壮男丁都掠到了二营。兰尽忠没想到团长团副都是幌子，真正大拿的是人家方参谋、龟副官。

方参谋和龟副官决定性地支持了他们，使他们在整编时占了便宜，拉到马鞍山进行阻击布防，又让他们占了便宜。

兰尽忠今晚还想把便宜捞回来，不过是徒劳的。兰尽忠的建议中有名堂，方参谋的部署中也有名堂。但方参谋有权，名堂能实现，兰尽忠无权，名堂实现不了。当然，兰尽忠的名堂万一实现，他还有一着：抬腿走人，带着一帮弟兄拉杆子。反正他绝不准备在这里牺牲殉国。打不起来最好，打起来，队伍一溃退，他的机会就来了。

这意思他和侯营长说过，侯营长很赞成，还说，只要拉起杆子，头把交椅让他坐。

拉杆子的念头一直没断过，在白集整训时就想干一家伙，可三七七师守备队的家伙看得太严，没机会。半个月前那次打增援，又想带着弟兄们开溜的，一路看下去，"友军"部队不少，没敢贸然行事。这回不同了，这回他们新三团是独立作战，轻易打胜了，或者用二营的兵力打胜了，自无话说，打败了，只要鬼子过了马鞍山，他正可以名正言顺的打起游击旗号，自行其是。所以，打起来，打败了，也未尝不是桩好事哩。

兰尽忠却在大谈如何打胜，说是只要再给他两个连，并多少挺轻重机枪，一定能把日伪军一个旅阻击三天。

段仁义很受鼓舞，直向兰尽忠抱拳致谢，连说"拜托"，仿佛这一仗是为他这个挂名团长打的。

他觉着这二人都挺可笑。

搞到最后，方参谋说话了。方参谋并不乐观，一开口就给兰尽忠来了个下马威，明确无误地教训兰尽忠说：

"兰营长，就冲着你前沿阵地的那个样子，不要说能把日伪军一个旅阻击三天，只怕一个团你也挡不住！"

兰尽忠嘿嘿一笑：

"所以兄弟才要团里再给两个连哇！"

方参谋嘴角一撇：

"再给你两个连去送死？！你那里不是要增援的问题，是要扎实组织的问题！只要组织得好，火力配备得当，必能守住！万一吃紧，伤亡太大，团部也可及时把三营预备队派上去！"

兰尽忠当即黑下了脸：

"要这么说，下岗子前沿崩溃兄弟不负责！"

方参谋猛然立起，拍着桌子喝道：

"丢了下岗子，你他妈提头来见！"

龟副官也吐着烟雾，阴阴地对兰尽忠说：

"兰营长，在汤军团，你也常这么说话么？你老弟没听说过啥叫军令么？"

兰尽忠不神气了，脸涨得通红，憋了好半天才说：

"那……那至少也得再调些机枪给我！还……还有炮火增援。"

方参谋哼了一声：

"你们端了二十三路军一个炮营，现在又想到炮兵的火力增援了！不说现在没炮兵，就是有，人家会增援我们么？！"

这话又别有意味，方参谋说的这个"我们"，不是指的兰尽忠的二营，而是指的整个新三团。章方正这才因同病相怜的缘故，开口为兰尽忠说话了：

"方参谋，过……过去的事怪……怪弟兄们太混，可……可如今我们弟兄都是二十三路军的人了，还望方参谋能和上峰通融一下，保……保证炮火增援。"

方参谋叹了口气：

"这话还用你们说？在军部的作战会议上，我和段团长就提过了，但是不行啊！炮兵部队全要参加河西会战，咱只能靠自己！"

兰尽忠忧心忡忡地问：

"咱要阻击的是多少敌人？"

方参谋道：

"不清楚，只知道聚集在河东已查明之敌计有山本旅团、井口晃旅团，和伪和平建国军杨华波两个整编师。为保证不让上述敌军窜入河西会战地区，韩总司令已令我三七七师并河东零星部队沿洗马河一线布防。如三七七师防线稳固，我们这里就无大险；反之，三七七师防线被突破，多少日伪军越过洗马河，我们就要阻击多少日伪军，所以，说不清楚。"

兰尽忠却固执地追问：

"问题是，三七七师防线靠得住么？可能会有多少日伪军突破三七七师防线？我营是否有必要在下岗子村布防！如果突破三七七师防线的日伪军不从正面渡河，那么，全团摆在山腰上岗子一线扼守山口是不是更有利？"

方参谋手一挥，断然道：

"不管日伪军是否从正面渡河，下岗子村前沿阵地都不能放弃！守住此处，既可以居高临下控制河面、河滩，又可卡住入山之路！"

段仁义团长也道：

"是的，那里地形不错！"

"可……可是……"

兰尽忠还想争辩，段仁义团长站起来，又抱起了拳：

"兰营长，你就听方参谋的吧！方参谋经的事比你我多，错不了！"

兰尽忠不做声了，闷头抽起了烟。

恰在这时，报务员白洁芬小姐一声报告进了屋，送来了刚刚收到的二十三路军总司令部电报。电报上说，河西会战已于十小时前打响，省城近郊房村、刘集一线和浍城地区正在激战，河东三七七师也和试图过河窜入会战地区的日伪军接触交火。总司令部令新三团做好最后准备，一俟三七七师防线突破，不惜一切代价阻敌于马鞍山下。命令十分严厉，声称，如有闪失，当军法从事。

段仁义团长把电报念了一遍，再次要求大家听方参谋的。说完，又请方参谋讲话，方参谋却什么也没讲，手一挥，宣布散会。

弟兄们分手的时候，他看见方参谋走到兰尽忠身边，握住了兰尽忠的手。

方参谋对兰尽忠说：

"尽忠老弟，你在汤军团打过许多仗，听说打得都不赖，这一回，你可也要打好哇！打不好，你我都得拎着脑袋去见韩总司令！"

兰尽忠哭丧着脸点了点头。

章方正不禁受了些感动，似乎一下子明白了战争是怎么回事。只要打起来，他们的目标就是一致的，命运就是相同的，他不能指望在一场恶战之后，别人都死他独生。事情很简单，兰尽忠的二营打完了，他的一营、侯营长的三营都要上，下岗子村前沿失守了，他们所在的上岗子就会变成前沿。

　　他真诚地希望兰尽忠能打好，更希望河东的三七七师能打好——他真混，三个月前咋想到向三七七师炮营动手的！留着他们打日本人多好！

六

方向公参谋在营长们离去后，当着团长段仁义、团副章金奎的面，毫不掩饰地表示了自己对阻击战前景的极度悲观。他指着马鞍山地形图，对黾副官说：

"黾老兄，只怕你我的小命都要丢在这座马鞍山上了！"

黾副官正在点烟，一下子被他说愣了，举着划着了的洋火，呆呆地看着他。

他又说：

"三七七师在近两万日伪军的重压下，肯定是顶不住的！三七七师垮下来，日军只要用一个旅团便可在三个小时内踢开我们的这支垃圾部队，西下浍城！"

黾副官又划了根洋火，点着了烟：

"真是这样，也怪不了你我！韩总司令难道不知道这支部队拉起来才三个月么？咱打败了不奇怪，打胜了倒是怪事了！"

他苦苦地一笑：

"说得轻松！打败了，你我都要进军法处！韩总司令的脾气你又不是不知道！"

身为团长的段仁义惭愧了，小心翼翼道：

"如此拖……拖累二位，真过意不去！如……如果到时候要……要进军法处，我……我进好了！"

方向公看了段仁义一眼，叹了口气：

"你段县长不也是被他们拖累了？卸甲甸事变又不是你带头闹的，你还不是一样要捏着鼻子在这儿带兵打仗？！"

说起卸甲甸事变似乎提醒了段仁义，段仁义又道：

"他们打炮营时很厉害哩！咳，没准在这马鞍山也能打好！这里地形不错！"

方向公哭笑不得：

"段团长，你除了知道地形不错，还知道啥？！有好地形，也得有好兵！"

"那是！那是！"

他不再搭理段仁义，又对黾副官道：

"黾老兄，我看，咱们还得作一次争取，请韩总司令就近再拨一个像样的营给我们！"

黾副官说：

"距我们最近的是三七六师一七六一团，是不是以我们俩的名义发个电报给韩总司令，指调一七六一团哪个营？"

他点点头：

"正合我意！不管有无可能，我们都得再争取一下！"

言毕，他和黾副官商量了一下，叫团副章金奎喊来报务员白洁芬，口述了一份电文。电文称：新三团已奉命进入马鞍山阻击阵地，枕戈以待，准备战斗，但鉴于该团编建不久，素质低劣，又无实战经验，交战前景不容乐观。为防意外，盼速调邻近之三七六师得力部队前来增援。

白洁芬飞快地记下了电文，又立在他面前，将电文复读了一遍，才转身拿去发报。方向公望着白洁芬姣好而孤单的背影，不由地想到：韩总司令难道不知道新三团是支什么队伍么？他方向公就是有天大的本事，也不能凭着一部电台、一个副官和两个女报务员，打赢这场阻击战啊！

在方向公看来，整个新三团，除了他和黾副官以及一部电台、两个报务员是正牌二十三路军的，其余全不是。在白集整训时，三七七师师部倒是派过一个排来，可整训一结束，那个排就撤走了，只把他们四人留在了这里。武器装备也不是二十三路军的。那些老套筒、汉阳造全破旧不堪，实弹演习时就走火伤过几个人，害得弟兄们一上子弹就枪口朝天，战战兢兢。

也许，韩总司令算定三七七师能在河东顶住？也许还像半个月前那次打增援一样，只是一种特殊操练？

即便真是如此，方向公还是不敢掉以轻心，毕竟河东的三七七师已经打响了，河西会战很真实地爆发了……

七

　　章金奎每每看到白洁芬白皙的脖子和隆起的胸脯，就觉得春意盎然。他认为，白洁芬这"白"字姓得好。她真白，脸白，手白，脖子白，脱了军衣，那身上的肉一定更白。他一直想替她脱衣裳，心里头至少已替她脱了一百次，甚至觉得她的躯体他已是十分地熟悉了。他一次次用目光抚摸她，由此而感到一阵阵快意，获得了一次次满足。

　　白洁芬还挺温顺，轻柔得像水，不像他妈的温琳娜，生就一副寡妇脸。那温琳娜咋着敢姓温呢？她可一点温情也没有。在白集时，有一次他很无意地摸了摸她屁股。她竟甩手给了他一个耳光，打得他眼冒金星。这哪像国军报务员？活脱一个泼妇！说到底，他还是她的长官呢！她和白洁芬一样，都是少尉衔，他章金奎是少校衔——少校团副，一个少尉打一个少校的耳光，不应该嘛！只为被摸了摸屁股蛋子，就如此这般的泼辣，像个女人么？！是女人，而且又带着屁股蛋子从军，难免是要被长官们摸一摸的。

　　他确确实实是这两个女人的长官。尽管她们是二十三路军司令部派来的，可他依然是他们的长官。这便有了机会，他干她们只是个时间问题——尽管温琳娜不可爱，他还是准备爱上一回，只要是年轻女人，他一概都是很热爱的。不是因为爱女人，他决不会放着汤司令的手枪排长不做，开溜回家。

　　给汤恩伯司令做手枪排长，那真叫威风！汤司令走到哪儿，他跟到哪儿，两把盒子枪提着，谁人见了不恭敬三分？！好好跟着汤司令干，那可真是前途无量。他偏太爱女人，先是搞了一个寡妇，后来又爱上了那寡妇十五岁的大丫头，硬把那大丫头爱伤了，几天没下床。汤司令知道后火了，说是要阉了他，后来又说不阉，枪毙。他一惊之下，逃出军法处的监号颠回了卸甲甸老家，和二道街的赵寡妇又爱上了。

只爱了没两次，他就乏味了，赵寡妇那东西根本不算个东西。他又爬头道街老刘头家的窗户，趁老刘头不在家，把老刘头的孙女给爱掉了。老刘头的孙女见他穿着国军军装，便以为他是二十三路军炮营的。后来老刘头打炮营时一马当先，用鸟枪轰得炮营弟兄鬼哭狼嚎。再后来，老刘头也他妈进了新三团，在章方正的一营做了伙夫长。

他那夜参与打炮营，不是冲着赵寡妇的东西去的，那东西不值得他这么玩命。他是冲着兰尽忠兰大哥的义气去的。义气这东西不能少，当兵吃粮，玩枪杆子，忠心义气重若泰山。对此，他深有体会。不是冲着义气二字，执法处的弟兄冒着风险放他逃，他或许真被汤司令毙了哩！

他这一打竟打出了名堂。事变之后一举由少尉排长升为少校团副。这首先是因着兰大哥的提携，段团长的厚爱；其次么，也因着他的乖巧。写花名册的时候，他就把自己栽培成汤军团的上尉营副了。一见段团长和方参谋，他二话没说，先"啪"的一声，来个极标准的立正敬礼。方参谋问他当了几年兵，他嘴一张，又是一个牛皮："十年！"方参谋说："好！"段团长和黾副官也说好。结果，一个星期后他就拿到了委任状，娘的，少校军衔！

做了团副，他离开兰尽忠，天天和段团长打交道了。段团长做惯了县长，不会做团长，他就教他做，从"立正"、"稍息"教起，一直教到如何克扣士兵军饷做假账。段团长别的都学，就是不学克扣军饷，还当场训斥了他一通，搞得他怪不是滋味的。其实，他真心是为团长好，当团长而不会克扣军饷是很吃亏的，段团长毛还嫩，不懂。

当然，总的来说，他和段团长的合作还是不错的，段团长有些事不和方参谋、黾副官商量，反倒和他商量。安排这场阻击战时，他要段团长把兰尽忠的二营放在后面，段团长就应了，还在会上正式提出过。不过，新三团的兵权显然不在段团长手里，段团长的话如同放屁。

团长的话都像放屁，他这团副只怕连屁都放不响。所以，对这场鬼都搞不清的阻击战，他没什么关注的必要了。反正方参谋、黾副官爱咋打咋打，该死该活屌朝上。

这会儿，方参谋、黾副官和段团长都下到各营督导巡视去了，分派他在团部值班守电话，他就有了爱一爱白洁芬和温琳娜的机会。她们和她们的电台就在对过北厢房里，他只要不怕闯祸，枪一提，把北厢房的门一踹开，爱情就实现了。

爱情这洋词是在汤军团司令部里学来的。那些参谋副官和司令部的小姐们私下里老这么说，他一来二去就听懂了，爱原来就是干！这他会！后来，他就挺斯文地使用这洋词，使用得久了，也就渐渐不觉得洋气了。

凭心而论，那夜他没敢到北厢房电台室去踹门，而是老老实实守在电话机旁，如果不是白洁芬小姐拿着司令部的电报来报告，那档子事根本不会出。

白洁芬小姐偏偏拿着电报来找他了，他一下子被白洁芬小姐那名副其实的白击晕了，接电文稿时就捏了小姐的白手。小姐不知是因为害怕还是因为害羞，手一缩，没做声，这便无声地鼓励了他。他把电文稿连同抓电文稿的手，一齐伸进了小姐的怀里，一把抓住了那松软而诱人的地方，同时，屁股一撅，把门顶住了。

白洁芬小姐这才叫了起来。

他昏了头，一只手捂住白洁芬小姐的嘴，脑袋在小姐胸前直拱，另一只手麻利地解开了小姐的裤带。而就在这时，门被人踢开了，一个手持驳壳枪的人冲进了屋。

八

　　霍杰克把枪口对准章金奎脑门了，还不相信团部会发生这种事。他在门外就听到了白洁芬小姐的呼救声，还看到看守电台的温琳娜头戴耳机在北厢房门口张望，便断定团部出了事，可没想到会是这种无耻的强暴。

　　按说，那当儿他不该出现在团部门口的，他一直守着欧阳贵、别跃杰、范义芝三个人犯，在营部等营长侯顺心。不料，侯顺心散了会后不知猫到哪里喝酒去了，他到团部去找，结果撞上了这一出。

　　他断定章金奎是强暴。白洁芬那声短促的呼救，他听得很真切，撞开门后看到的情形也很真切。白洁芬的上衣已被撕开了，衬衣的扣子也被扯掉了，半个雪白的胸脯露了出来。他将驳壳枪瞄向章金奎的时候，章金奎的手还没从白洁芬的腹底抽出来。

　　他感到十分厌恶。伟大时刻到来前的这一夜，他碰到的事太多了，下面的兵不像兵，上面官也不像官！大战即将开始，身为少校团副的章金奎不思量咋着打仗，却去扯女报务员的裤子，简直是欠杀！

　　他把枪口抬了抬，厉声道：

　　"放开她！"

　　章金奎僵直的手老老实实从白洁芬的腹部抽出来。白洁芬这才骤然清醒过来，扎起裤腰，掩上怀，呜呜哭着跑出了门。

　　团部里只剩下他和章金奎。

　　他问章金奎：

"你说咋办吧？"

章金奎一脸羞惭：

"兄弟糊涂！糊涂！"

"我只问你咋办？"

"求老弟放我一马！"

"放你逃跑！做梦！"

"那你霍老弟说咋办？"

"我奉劝你主动找方参谋讲清楚，到前沿带罪立功！"

"为一个女人，值得这么惊惊咋咋么？！甭说没爱成，就是爱成了，也不会弄掉她一块肉！"

"你章团副是人还是畜牲？"

章金奎嘴一咧：

"人和畜牲都干这事！"

霍杰克火了：

"我崩了你这败类！"

其实，他只是吓唬章金奎，章金奎不管咋说还是团副，就是要崩章金奎，也得由段团长、方参谋崩，轮不上他，他认为方参谋不会轻易饶了章金奎。前一阵子，二营有个兵偷看温小姐洗澡，抓住后被毙了。今夜，章金奎强暴白小姐，其下场必定不会好。

章金奎想必是明白的，见他不依不饶，只好孤注一掷。结果，在章金奎悄悄抠开枪套扣，拔出佩枪的一瞬间，他手中的枪先搂响了，只一枪就将章金奎击毙在地上。

这是他第一次冲着活人的脑门开火，距离还这么近。抠下扳机的时候，他很麻木，几乎没听到子弹的爆响，只看到一股淡蓝色的烟从枪管里迸出来，蓝烟散尽后，死亡变得很真实，一具血水满面的尸体活生生的显现在他眼前。

这死亡是他制造出来的，制造得极容易，食指轻轻一动，全部过程便结束了，他职业杀手的生涯也就这么开始了。遗憾的是：第一个倒在他枪下的不是汉奸，不是鬼子，而是他的上峰团副。

后来的好长时间霍杰克都弄不明白这一枪是怎么抠响的。他确凿没想过要杀章金奎，他还准备在方参谋杀章金奎时为章金奎说情。可咋着就把驳壳枪抠响了呢！会不会是太紧张了，无意中抠动了扳机？说他击毙章金奎是为白洁芬毫无根据，白洁芬仅仅是个报务员，他和她还没有任何感情纠葛，不过，白洁芬咋想的，他就不得而知了。

听到枪声，白洁芬和温琳娜都跑来了。温琳娜先来的，白洁芬后来的。温琳娜一看见章金奎的尸体，就说杀得好。白洁芬没说啥，投向他的目光却是敬佩和感激的。紧接着，几个卫兵赶来了，他一下子变得很紧张，营副杀团副军法难容。可没等他开口说话，温琳娜便叫卫兵们赶快去找方参谋、黾副官。卫兵们一走，白洁芬忙催他走。

他懵懵懂懂走了，一边走一边想：他到团部是干啥来着的？想疼了脑仁也没想起来，找营长的事完全被他忘了，盘旋在脑际的翻来覆去只一桩事，他杀了人，杀了人……

九

　　欧阳贵迷迷糊糊在山神庙营部睡了一小觉,霍营副和侯营长才一前一后回来。这两当官的全变了样,一个醉醺醺的,东倒西歪,一个神情恍惚,像刚挨了一枪。侯营长见他睡在地上很奇怪,睁着血红的独眼结结巴巴地问他:

　　"你……你他妈在……在这儿干啥!"

　　他那当儿已醒了酒,知道见了长官应该立正,遂从地上爬起来,两脚一并,脏兮兮的手往光脑袋上猛一举,先给侯营长来了个军礼:

　　"报告营长,是霍营副派我来的!"

　　话刚落音,霍营副进了门。

　　侯营长脸一转,问霍营副:

　　"你叫欧阳……阳贵来……来干啥……啥的?"

　　霍营副一怔,如梦初醒:

　　"哦,姐夫,他……他打人!"

　　侯营长马上把手伸向腰间抽皮带:

　　"好哇,欧……欧阳贵,又……又他妈的给老子惹……惹麻烦了!老子今……今儿个得……得给你长点记性!"

　　说罢,皮带便甩了过来,欧阳贵一看不对头,兔子似地窜到了一边。

　　侯营长没打着他,气坏了,追上来又打,嘴里"日娘搞奶奶"地骂着,还连喊"立正"。他根本不踩,只管逃,侯营长醉了酒很好玩,挥着皮带像跳神,这三跳两跳,就跳到了香案前的麻绳上,并差点被长蛇似的麻绳绊倒。

麻绳救了他。

霍营副看到麻绳，拦住了侯营长，走到他面前问：

"别跃杰和范义芝呢？"

"跑了！"

"看押你们的传令兵呢？"

"那毛孩跟着一起跑了！"

霍营副恼了：

"你咋不拦住他们？！"

欧阳贵觉着可笑：

"我凭啥拦人家！腿长在人家身上，人家要跑，咱管得着么！再说啦，你霍营副让那毛孩传令兵看我，又没叫我看他！"

侯营长忙问是咋回事，霍营副把事情根由说了，于是乎，侯营长不骂他了，改骂别跃杰、范义芝和那小传令兵了。

欧阳贵跟着添油加醋，说是他一眼就看出小传令兵不是东西，这小狗日的一见面就喊别跃杰东家，霍营副一走，马上就给他们三人松了绑。

霍营副问：

"那你为啥不逃？"

他当时酒性发了，只想睡觉。

欧阳贵没提这茬儿，挺认真地说：

"你霍营副不逃，咱能逃么？咱欧阳贵是愣种，不是他娘孬种！"

侯营长大为感动，当场封他做二连的代连长。

侯营长直着舌头说：

"欧阳贵，你……你他娘的义气，我老……老侯也义气！这连长嘛，你……你先代着！这一仗打……打得好……这代……代……代字就打没了！你狗日的就……就连……连长了！"

这实在是出乎意料之外的事，他迷迷糊糊在营部里睡了一觉，竟他妈睡出了连长，升官太容易了。

他对着侯营长来了个立正敬礼。又对着霍营副来了个立正敬礼，尔后，真诚发誓：

"营长、营副，您二位长官瞧得起我，我要他妈不好好效力，就是驴日狗操的！这一仗打不好，您二位长官割了我的脑袋当尿壶使！"

霍营副说：

"这很好！作为一个抗日的革命军人，就要尽忠报国！只是，你欧阳贵的习性得改改，不能动不动就打人，你做连长，我……我自然不反对，就是打人的问题……"

侯营长不同意霍营副的观点：

"打……打人么，该……该打的要……要打，不该打的，就……就不打。都……都不打，还要当官的干……干尿！"

欧阳贵一听侯营长这话，极想把那帮保、甲长们是不是该打的问题提出来，可转念一想，又忍住了。这事还问侯营长干啥！日后，他们都归他管了，他想咋教训他们，就咋教训他们，

不服帖的一律派到最前面挡枪子！

侯营长说，他要亲自到二连阵地宣布这项命令，说完就要走，霍营副偏把侯营长拦住了。

霍营副对侯营长说：

"姐夫，我……我闯了祸。"

侯营长问：

"咋……咋着了？"

霍营副说：

"我把章团副毙了！"

侯营长说：

"好小子，干……干得好！看不出你这个洋……洋学生还敢宰人！"

"这不怪我！"

"当……当然不怪你，姓章的不……不是东西，是……是兰尽忠的把……把

146

兄弟……"

霍营副急了：

"我倒没想这个，我是看着这家伙撕报务员白小姐的裤子才……"

侯营长哈哈大笑：

"好！好！狗……狗日的小头作孽，大头偿命，好！"

霍营副挺担心：

"段团长知道后会不会……"

侯营长胸脯一拍：

"段……段仁义要算……算这账，叫他狗日的找……找老子！"

"咱是不是商议、商议？"

"好！商……议，商议！"

这么一扯，事情耽误了，侯营长再想起来到阵地上宣布命令时，团部的传令兵到了，又要侯营长立马去团部开什么紧急作战会议。他只好继续留在山神庙营部等营长，边等边和霍营副商讨带兵的问题，不知不觉中先在霍营副面前做了一回连长，做得极恭敬，极虔诚。

十

"总司令部急电。'新三团段、方、黾：在敌猛烈炮火攻击下，我河东三七七师防线左翼结合部出现缺口，敌酋山本旅团之一部攻陷洗马镇，越过洗马河大桥，迅速南下。如无我民众武装阻隔，此股敌军将于六小时后进入你团阻击地带。为确保阻击成功，韩总司令零时二十七分电令三七六师一七六一团开赴你处增援协战，并对阻击布局做如下调整：甲、你团接电后立即撤出上岗子一线，全团进入下岗子村前沿布防。乙、上岗子阵地由一七六一团接防。丙、构筑前沿机枪阵地，所需机枪由三七六师调拨。韩总司令命令：无论出现任何情况，马鞍山均不得弃守。'"

读完电报，方向公参谋双手按着桌沿，呆呆地盯着灯火看了好半天，一句话没说出来。

情况很清楚了，一场大战已在所难免。几小时前，他预计三七七师顶不住，可没想到三七七师会垮得这么快。他认定三七七师是垮了，电报上讲的结合部出现缺口显系搪塞之词。三七七师一垮，越过洗马河大桥的就决不会只是山本旅团的一部！

团长段仁义和三个营的营长们都把期待的目光投到他脸上。

团部里静得吓人，气氛沉重而压抑。

方向公还在胡思乱想——

电报很蹊跷，电文这么长，却没把作战势态讲清楚。说是只有"山本旅团之一部"过河南下，可又这么大动干戈，拉出一副大战的架子，内中难道有什么名堂不成？！前来增援的一七六一团是大名鼎鼎的守城部队，民国二十七年守北固镇守了整整八天，被韩总司令称为护窝子狼。今儿个韩总司令为啥不把这群护窝子狼摆在下岗子村作一线阻击，为啥偏要他们在上岗子村协战！而把不堪一击的新三团摆在最前面呢！

一个大胆的推测涌上脑际：总座会不会想借这场阻击战耗光新三团，报卸甲甸之仇？如是，则电报上的话全不可信，阻击布局的调整也只能被视为一个充斥着阴谋的陷阱。

惊出了一身冷汗，按着桌面的手竟不由自主抖了起来。

这一仗难打了，二十三路军司令部的真实意图不清，新三团的状况又如此糟糕——简直糟得不能再糟了；身为团副的章金奎在接到这份危险电报时，不思作战，还去扒女报务员的裤子，下面的情况更是一塌糊涂。他在三个营的阵地转了一圈，看到的景况几乎令他绝望，使他连发火骂人的热情都没有了。他觉着他不是在指挥一支部队，而是在拨弄一堆垃圾。此刻，这堆垃圾可能还面临着来自总司令部的暗算；战争的车轮一转动起来，他们被碾碎、被埋葬的命运已经无奈何地被决定了。

但却没敢把这话讲出来，他现在要给他们鼓劲，而不是泄气，再说，总司令部的暗算，也只是他的推测。

方向公镇定了一下情绪，努力笑了笑：

"不错嘛，弟兄们！我和龟副官发的电报还是起了作用的嘛！我们要一个营，韩总司令给咱派了一个团，还从三七六师各部拨了机枪！"

毫无军事知识的段仁义有了些高兴，应和道：

"韩总司令对咱新三团真没话说！咱要是再打不好，哎，可就对不起韩总司令喽！"

倒是二营长兰尽忠聪明，把他想到的问题，一下子指了出来：

"那韩总司令为啥不把一七六一团摆到下岗子村？偏把我们新三团摆到下岗子村！论作战经验和实力，我们和一七六一团都不能比！"

段仁义通情达理：

"一七六一团是协战嘛！一七六一团不上来，这仗我们还是要打嘛！"

方向公违心地点了点头：

"段团长说得不错，没有一七六一团的增援，这一仗我们还是躲不了。现在，有了一七六一团作后背依托，我们更有希望打好。上岗子村离下岗子村间隔只有三里多路，随时增援是有绝对把握的。"

一营长章方正说：

"这么一来，下岗子阵地又得调整了！"

方向中公点了点头，看了段仁义一眼：

"段团长，你看咋个调法呀？"

段仁义很认真地在作战草图上看了半天，却没看出什么名堂，可怜巴巴地望着他：

"方参谋，您看——"

方向公在屋里踱了几步，又抱着肩膀在灯火前凝思了一会儿，才从容不迫地道：

"下岗子村前沿战壕还要向两侧伸延，兰营长二营全部，侯营长三营的两个连固守前沿，控制河滩，并封锁入山之路。敌军既是从洗马镇过的河，必然会沿河边大道向我推进。前沿情况我又看了一下，正对我阵地下面几百米处那片杂木林要毁掉，可能被敌所用之洗马河近段堤埂也需炸平！"

段仁义听明白了，做出一副很威严的样子，对兰尽忠和侯顺心道："听见了么？方参谋的安排就是我的命令！"

侯顺心、兰尽忠都没做声。

方向公不动声色地看了看段仁义一眼，又说：

"章营长的一营在下岗子村里布防，控制制高点，对前沿进行有效的火力增援，并准备在前沿被突破后，和涌入之敌逐房逐院进行巷战。侯营长三营之另两个连作为机动，归团部直接指挥，随时递补伤亡人员。"

侯顺心对他的安排显然没意见，讨好地向他笑了笑。他就在这时闻到了侯顺心嘴里散发出的酒味，不禁皱起了眉头。

真他妈是垃圾部队！从上到下都是垃圾！

知道说也没用，可他还是不能不点点：

"打仗不是儿戏！我在这里要向诸位通报一个情况——"他把总司令部急电抓在手中扬了扬，"接到这份电报的时候，身为本团团副的章金奎竟强暴报务员小姐，实在荒唐无耻之至！为严肃军纪，段团长已在半小时前下令将其正法！以后谁敢玩忽职守，懈怠军令，涣散部队，一律同样正法！"

章金奎的把兄弟兰尽忠大吃一惊，用火辣辣的眼睛盯着段仁义，吼道：

"段团长，这……这是真的？"

段仁义愣了一下，被迫点了点头。

兰尽忠泪水夺眶而出，顿足叹道：

"这仗还没打，咋……咋就先丢了个团副？！"

章方正却问：

"这团副的缺谁补？"

方向公看了段仁义一眼：

"段团长已决意把……把三营副霍杰克升为团副——是不是呀？段团长？"

段仁义苦苦一笑，又点了点头。

段仁义还不错，虽然无能，可也明智，他说什么，段仁义就听什么；他干什么，段仁义就认什么！

一听说霍杰克被升迁为团副，侯顺心高兴了，冲着段仁义直乐：

"段……段团长，您可……可真有眼力，我这舅子上过大学堂，打鬼子的劲头足……足着呢？我和章营长拉……拉起决死队，缺个师爷，就把杰克请……请来了。他来的当夜，发生了事……事变，杰克没参加，可编新……新三团时，还是自愿来……来了。当时，我……我说……"

方向公又闻到了酒味，情绪变得很坏，桌子一拍：

"别说了！现在凌晨四点了，各营赶快集合队伍，到下岗子村布防，迅速落实新的作战部署，团部也要在一小时内撤往下岗子村！"

"就这样，诸位快去准备吧！"

三个营长应着走了。

三个营长走了没多久，上岗子村头的军号便呜咽起来。杂沓的脚步声在村里村外，在夜色朦胧的漫山遍野响了起来，间或还可听到一阵阵山风传来的口令声，和枪械撞击声。

一切就这样不可逆转地开始了，方向公想，如果有陷阱的话，那么，二十三路军总司令部的陷阱，此刻已经通过他布下了。即便没有陷阱，这支垃圾部队也势必要被日伪军的枪炮和他们自身的散漫无能送入坟场。因此，对他和他实际指挥的这帮乌合之众来说，结局是先于开始的。

悲凉袭上心头，突然有了一种被玩弄的感觉。总座在玩弄新三团的同时，也玩弄了他和黾副官。段仁义出去小解时，他把这不祥的预感和黾副官说了。

黾副官很惶惑：

"不会吧，总座从没出卖过自己的部属！就是收编过来的队伍也没出卖过嘛！民国二十三年秋，三七七师吴师长把咱打得多惨，可收编以后，总座对吴师长带过来的三千号弟兄多好？！真是没话说哩！"

方迥异公苦苦一笑，摇摇头：

"不说了，我得到下岗子村去，你老兄和电台都留在这儿吧，白小姐和温小姐也留在这儿，这是对总座心思的！"

黾副官一怔：

"这……"

他意味深长地道：

"别这那的了，能替总座留点啥，就尽量留点啥吧！你我毕竟追随人家一场，我这条性命又是当年总座给捡回来的！"

当即叫来白洁芬，口述了一份电文：

"总座韩，电令已悉，新三团奉命进入下岗子村阻击前沿，电台拟留原处，由增援之一七六一团接收。嗣后，前沿战况，概由一七六一团报达。新三团全体官兵死国决心已定，惟望总座并诸上峰长官明察明鉴，以昭世人。方向公。"

不料，电报拍发半小时后，在转往下岗子村的途中，竟收到了一封以总座名义拍来的复电。复电是点名给他的：

"向公：电台随部转移，以便及时和司令部保持联系。新三团装备、素质均不如愿，战斗势必十分艰苦。然大敌当前，国难未已，我将士惟有一致同心，勿猜勿疑，方可化劣为优，危中求存。且该团有你在，本总司令亦可放心一二。请转告段团长并该团官兵，促其为国为家努力作战，完成任务，打出军威。如斯，则本总司令深谢众位，并将于战后一视同仁，论功奖赏。拨法币十万元，由一七六一团赵团长交你，作阵前奖赏之用。战况务必每日电告，以便决断。韩培戈。"

看罢电文，方向公茫然了：难道他的推测不对，难道是他以小人之心度君子之腹？！

是的，也许他错了。总座确没有出卖部属的历史。当年，总座能在死人堆里把他这个刚刚军校毕业的小连副扒出来，今天又怎么会把自己麾下的一个团故意葬送掉呢？！况且，总座面临的又是这么一场和异族侵略者的大战。

悲凉变成了悲壮，站在山道旁，望着已渐渐白亮起来的天光，他不知咋的，突然有了些信心，手向山下一指，缓慢有力地对段仁义团长说：

"也许我们新三团将在这里一战成名！"

段仁义笑了笑：

"但愿如此！如此，则你我便无愧于总座，无愧于国家民族了！"

他点点头，把令他欣慰的电文稿往怀里一揣，不无深意地拍了拍段仁义的肩头，缓步向山下走。

清新的山风紧一阵慢一阵地刮，他和段仁义在山风的迎面吹拂中，一点点把上岗子村抛在身后，走进了新绿掩映的下岗子村，又看见了玉带般的洗马河。

洗马河静静地流，河面、河滩罩着薄薄的雾纱，感觉不到任何战争的气息。在血战爆发前的最后一个黎明，这块山水依然像以往任何一个黎明一样平静安谧。

大　　捷

（中篇）

十一

平静安谧在短短几小时后，便被猛烈炮火轰碎了。中午十一时十五分，日伪军先头部队抵达马鞍山前沿，轻率闯入了新三团火力控制下的洗马河滩和入山路口。前沿弟兄奉命开火，只十几分钟就迫使这股入侵之敌抛下几十具尸体，龟缩到三四里外的树林里。二时许，敌后续部队相继赶到，几十门重炮炮口从树林伸出，迂回到洗马河堤后的鬼子兵也支起了小钢炮。二时三十分，重炮和小钢炮同时开火，下岗子村前沿阵地迅速弥漫在一片浓烈的硝烟中。

尽管有相当的思想准备，尽管在方参谋一次次严厉命令的提醒下，都明白要打一场恶仗，可弟兄们毕竟没有实战经验，轰击的炮声一响，前沿阵地马上乱了套。恐怖的气氛伴着声声震耳欲聋的爆炸声，伴着四处迸飞的弹片，像瘟疫似的在前沿五百米战壕迅速扩散。弟兄们在那一瞬间都惊昏了头。

三营二连代连长欧阳贵那当儿当连长不到七小时，他的左翼是二营兰尽忠的队伍，右翼是本营一连章麻子的队伍。开初，打那股贸然侵入之敌时，他还没意识到战争的惨烈，那边兰营长一声打，他也对着弟兄们喊了声打，于是，便打了，不过一袋烟的工夫，敌人便退了。他属下的二连无一人伤亡，倒是暴露在平川地上的日伪军抛下了不少尸体。欧阳贵很得意，以为这便是战争的全部。伙夫长老刘头带着几个毛孩子兵送午饭来的时候，欧阳贵嚼着馍，不无自豪地对二营长兰尽忠说：

"小鬼子不经打，照这样打法，前沿守十天没问题。"

兰尽忠是国军队伍上的老人，瞧不起他，眼皮一翻，说：

"欧阳铁匠，别牛气！好戏还没开始呢！这鬼地方能守三天算咱福气！"

还真叫兰尽忠说着了，鬼子有炮，步兵攻不下来，就用炮轰。日他娘，鬼子那炮真叫厉害，大老远的地方竟能轰着，炮弹跑过来时还呼呼叫，声音既怪又可怕，和欧阳贵听到过的任何声音都不一样。天爷，炮弹炸起来更不得了，像他妈凭空落下来一轮轮太阳。迸飞的火光，炸雷般的巨响，让人魂飞胆颤。第一颗炮弹在他身边不远处炸响后，他就马上收回了固守十天的设想，悲观地认为，也许今天一下午都守不住，自己没准也得被狂飞的炮弹葬送在战壕里。

这场炮击使前铁匠欧阳贵终身难忘。一颗颗炮弹落下时，他无可奈何地蜷曲在一米多深的战壕里。战壕阴湿，背靠的壕壁还渗水，把他身上的军褂弄得湿漉漉的，使他从心里感到冷。因为冷的缘故，浑身发抖，想止都止不住。紧挨着他左边的是前保长丁汉君。丁汉君也在抖，抖得放肆，光脑袋夹在曲起的两腿之间，双手抱着膝，像个晃晃悠悠的球，屁股下不断有水流出来，把落在地下的军帽都浸湿了。右边不到一米处，是三排长老蔫。老蔫干脆趴在地上，瘦屁股撅得像冲天炮，两手却死死搂着脑袋。老蔫那边还有几个二连的弟兄，再过去就是兰尽忠二营的人了。战壕在老蔫右边几米处拐了弯，二营的人他看不到。就是不拐弯，他也看不到，战壕周围炮弹接二连三地爆炸，飞起的硝烟尘土遮天蔽日，仿佛突然阴了天。

一会儿，传来了兰尽忠营长的声音，声音似乎很远，兰尽忠要弟兄们注意隐蔽。因着兰尽忠的提醒，欧阳贵把脊背和壕壁贴得更紧，向两边看看，见丁汉君、老蔫隐蔽得都很好，便认为自己这连长做得还称职。偏巧，这当儿，一颗炮弹在战壕前炸响，他身子一震，不由自主地栽到战壕另一侧，崩飞的土落了一身。

在昏头昏脑中看到了自己的叔伯兄弟欧阳俊。这个不知死活的文疯子根本不知道隐蔽为何物，旁若无人地在战壕里逛荡，像个巡视战斗的将军，还对着爆炸的火光拍掌大笑。疯堂弟身边，是他亲哥哥欧阳富。哥哥知道隐蔽，也试图让疯堂弟隐蔽，满战壕爬着追疯堂弟。他眼见哥哥抱住了疯堂弟的腿，又眼见着疯堂弟推开哥哥跑了。

他忙越过丁汉君团在一起的身子,向欧阳俊身边挪,想配合哥哥欧阳富捉住欧阳俊,使他隐蔽起来。

不料,挪了没多远——最多几米,又一颗炮弹落下来,轰然炸开,巨大的气浪把他仰面掀倒,身边的战壕也呼啦啦塌了一片。瞬时间,天昏地旋,恍若地狱,泥土如雨点似的迎面扑来,他还没明白过来是怎么回事,半截身子已埋进了泥土里。

爆炸过后,欧阳俊不见了,一条挂着半截湿袖子的胳膊落在他胸前。他以为自己受伤了,胳膊被炸掉了,惊叫一声,慌忙爬起来。双手撑着地了,才发现自己的两只胳膊还在,这才把那半截血淋淋的胳膊和欧阳俊联系起来,才明白欧阳俊已于炮弹爆炸的辉煌中殉国了。

殉国的不仅是疯堂弟,哥哥和他们二连的两个弟兄也一并捐了躯。战壕至少被炸开了五米长一段,哥哥欧阳富被一块弹片撕开了肚皮,肚肠和半片肋骨不见了踪影,血水渗透了破碎的军装,脑袋上尽是血。另两个弟兄,一个和欧阳俊一样碎尸山野,另一个半截身体埋在泥土里,露出大半的脑袋上生生嵌着手掌大的弹片。

近在身边的血淋淋的死亡,加剧了阵地上的恐慌,先是一连章麻子那段垮了。身为连长的章麻子带头放弃前沿,向下岗子村里逃。他们二连的弟兄没经他同意,也跟着逃了。倒是三排长老蔫还够意思,爬过来,拍着他的脚面问:

"连……连长,一连撤了,咱……咱也撤吧?"

他正木然地盯着哥哥的遗体看,想弄明白这究竟是怎么回事,怎么刚才还好好的人,转眼间就变成了一堆烂肉?老蔫的话他没听见。

老蔫干脆搂住了他的双腿乱摇:

"连……连长,快……快撤吧!"

他被摇醒了,目光从哥哥遗体上收回,鬼使神差地说了句:

"撤!都……撤!"

他们一撤,二营的弟兄也纷纷爬出战壕,兔子似的往后窜,有几个军官想挡挡不住,乱叫一通后,也随着爬出战壕跑了。这么一来,前沿阵地在敌人实际进攻开始前，便已大部崩溃。

崩溃的弟兄黑压压一片，潮水般向村头漫，许多弟兄手里连枪都没有——枪被他们在慌乱中扔在战壕里了。他倒是带了枪的，一把盒子枪"啪哒"、"啪哒"拍打着屁股蛋，另一支汉阳造也很真实地攥在手里。不过，他属下的那连弟兄找不到了，漫山遍野到处都是人，他根本闹不清哪些人应归他指挥。

轰炸还没结束。死亡还寸步不舍地追随着他们。一颗炮弹落下，弟兄们便血肉横飞倒下一片，快到下岗子村头时又发现，村里也不安全，也在日军炮火的射程内，许多房屋着了火，滚滚浓烟随风漫卷，宛如黄龙。

鬼子的大炮简直是剁肉机，这下岗子村距前沿五六百米，竟也挨剁了，还不知要剁死多少人呢？！倘或方参谋、段团长都被剁掉了，只怕这场阻击战便玩完了。

刚有了玩完的念头，一声尖厉的呼啸不知是从身后，还是从身前，抑或是从头顶，悠悠响起，谁大喊了一声"卧倒"——声音很熟，恍惚是二营长兰尽忠，他被人推了一下，半自觉半被迫地跌到了地上。没容他在地上趴稳，炮弹落地了，他眼见着一团炽白爆裂的火球在他前方不远处平地骤然升起，把几棵碗口粗的刺槐树炸成几截抛向空中。他惊恐地闭上眼，等待着死神的降临。然而，火球化作浓烟之后，他只落了一身灰土和刺槐枝叶，身体竟完好无损。

老天爷还在保佑他。

他不能辜负老天爷的好心肠，未待硝烟散尽，爬起来又跑，跑了没几步，便接近了村头的磨房。

磨房前站着不少人，几个当官的疯了似的大喊大叫，手里的枪还不时地向空中放着。他被炸晕了，当官的面孔竟认不准，他们叫的什么，也没听见，只顾往前钻。

有个弟兄拉住了他，回身看看，认出那弟兄是三排长老鸢。

老鸢说：

"别跑了，那……那屋顶上有机枪。"

果然，磨房后一座大屋的屋顶上支着机枪。枪口正对着他和他周围崩溃的人群。他这才冷静下来，知趣地停止了撤退。

方参谋睁着血红的眼睛，站在磨房门口的大石头上嚎，脚下率先撤退的一连长章麻子已被击毙，死狗般地躺在地上。

因着死去的章麻子，他惶恐起来，猛然记起了连长的职责，身体一转，极英勇地喝道：

"回去！三营二连的弟兄们，都……都他妈给我回去！"

喝毕，自己的身子却并没移动，心里还幻想着方参谋、段团长下令撤退。事情明摆着，鬼子有炮，他们没有，这鬼地方守不住。

就在这时看到了段团长。

段团长在方参谋身后的一盘新磨上站着，方参谋喊一句，他跟着重复喊一句，也要他们返回前沿。并明确宣布：一连长章麻子已被军法处处决，凡擅自溃退者，一律枪毙！

幻想破灭了，他和身边的弟兄们在军法的胁迫下，不得不老老实实重返前沿。二营长兰尽忠在他们身后挥枪逼着，骂骂咧咧，要他们跑步。

这当儿，炮火已稀落下来。待他们跑过许多同伴们的尸体，大部进入前沿后，炮火完全停息了。远远的河堤后面。小树林中，头戴钢盔的鬼子、汉奸一片片冲了出来，激烈的枪声，取代了轰隆的炮声，进攻开始了。

他反倒不怕了。鬼子的大炮不响了，这就好，比什么都好。他认定大炮是最可怕的，他既然躲过了最可怕的炮轰，其余的一切便不在话下了。一进入战壕，他便勇敢地在二连防守的近百米区段走了一遭，命令弟兄们好好打。

弟兄们打得却不好，机枪不歇气地叫着，老套筒、汉阳造"嘣嘣叭叭"地响着，热闹倒是挺热闹，可进攻的汉奸鬼子竟没啥伤亡，竟还东一片、西一片地向阵前推。后来，兰营长、侯营长四处喊："停一停，等鬼子靠近了再打！"谁也不听，弟兄们依然像比赛放炮仗似的一枪枪搂着。

他认为应该把汉奸、鬼子阻挡在尽可能远的地方，所以，兰营长、侯营长的话他也没在意，仍很认真地打。他先抱着机枪阵地上的一挺无人过问的轻机枪扫了一阵子，继而发现被炮弹炸塌的那段战壕没人防守，遂把机枪端了过去，在哥哥欧阳富血肉模糊的尸体旁趴下来了。

刚趴下就觉着恶心，浓烈的血腥味一阵阵向鼻孔里钻，枪腿下的泥土湿漉漉的，闹不清是血还是水。恐怖袭上心头，刚刚演过的一幕又重现在眼前，竟觉着被那颗炮弹炸死的不是哥哥他们，而是自己。

他命令两个弟兄把哥哥的尸体移到战壕那边，又把卖力放枪的前保长丁汉君拽了过来，要他搂机枪。丁汉君说不会搂，他一脚将丁汉君踹倒，厉声道：

"不会搂学着搂！"

丁汉君只好学着搂，学得不好，手一抖，枪响了，一排子弹毫无目标的飞向空中。

他很火：

"好哇！丁保长，你他妈放空枪！大爷正你狗日的法！"

说着就拔盒子枪，吓得丁汉君直喊饶命。

三排的老汉兵刘破烂凑了过来：

"连长，我来！"

刘破烂倒是个人物，机枪搂得挺像回事，可头一阵子弹偏扫到了前面十余米处的麦地里，枪口一抬，又把不远处一棵槐树树叶扫下一串。刘破烂不屈不挠，再次调整枪口，这才顺利

地把子弹射向了河滩。

他拍了拍刘破烂的脊背，说：

"好好打！"

刘破烂却回头问：

"欧爷，弹壳是不是都归我？"

"当然归你！你狗日的只要打得好，打死的汉奸、鬼子的东西也他妈归你！"

刘破烂愈加英勇，在"哒哒"爆响着的枪声中大喊：

"欧爷，你走人吧！这地方交给老子我了！"

他放心地走了，临走还拖着丁汉君。他一心要栽培这位前保长，打定主意

要弄挺机枪给保长玩玩。开战前两小时，增援的一七六一团把四十二挺机枪送来了，他们连分到三挺，加原有的四挺，共七挺，有七挺机枪而不给丁保长弄一挺玩玩，实在是说不过去。人家在卸甲甸就做保长，整日价放不下保长的架子，他这代连长自然得把他当个人物使，让他抱老套筒哪显得出身份？！

他把这想法和三排长老蔫说了——丁保长是三排的，归老蔫管。老蔫原来贴丁保长，待他欧阳贵一做了代连长，老蔫便贴他了。老蔫认为他的主意不错，就让丁保长守在机枪边上打，做预备机枪手，一俟现任机枪手殉国，立即填上去接管机枪。

安排妥当，进攻的汉奸鬼子已逼近了，子弹蝗虫也似地飞，把战壕前的地面打得直冒白烟。他和他身边的弟兄们透过那阵阵腾起的白烟，紧张还击。几小时前打敌人先头部队的景象重现了，冲在头里的鬼子、汉奸们倒下不少，阵前百十米内简直成了敌人的死亡圈。

敌人在死亡圈内外拼命挣扎，三个一堆，五个一伙，固执地往前爬，爬在头里的鬼子兵还用机枪不停地向阵地上扫。二营的弟兄率先用上了手榴弹。接着，他们三营的弟兄也用上了手榴弹。随着手榴弹轰轰烈烈地爆炸，爬到阵前的鬼子兵纷纷丧命。

约摸半小时后，鬼子、汉奸被迫停止了进攻，退回到树林和远远的河堤后面。

直到这时，他才松了口气，暗自揣摩，这阵地守到今夜也许是有把握的。也是在这时，深刻的悲痛才潮水般袭上心头。他望着哥哥欧阳富的尸体，和身边一些阵亡的弟兄，哭了，泪水在被烟火熏黑了的脸上直流。前铁匠欧阳贵的战斗生涯就此开始。

十二

进攻的鬼子、汉奸一退，刘破烂马上跃身跳出战壕，端起机枪高喝："弟兄们，冲啊！"

喝毕，也不管弟兄们冲没冲，自个儿冲下去了，边冲边抱着机枪漫天海地乱扫，直到把最后一粒子弹打光。打光子弹以后，认定机枪没用了，顺手往麦地里一甩，径自发财去了。

刘破烂历来对发财有兴趣。往日在卸甲甸县城收破烂时，只要能发财，他什么都敢收。有一回还收了落难国军弟兄的三杆钢枪一支盒子炮。三杆钢枪当晚就卖给侯营长了，那当儿，侯营长还是侯队副。盒子炮先没卖，想自己玩两天，不曾想竟玩走了火，差点没揍着自己的脚后跟。第二天再去找侯营长，侯营长不实诚了，硬压他的价，他便把盒子炮卖给了兰尽忠。

卸甲甸事变那夜，他也去了，不为别的，只为发财，想趁乱收点什么。结果倒好，财没发成，倒糊里糊涂变成了国军。

成了国军，发财的念头也没断过，极希望长官能不断地下下"大索三日"之类的命令，使他能在战火硝烟中合理合法地发财。搂着机枪射击时，他想得最多的是：倒在阵前的鬼子、汉奸发不发财？他们发财，他也就必然要随之发财。连长欧阳贵讲得很清楚，那些死鬼的东西全归他。

甩了机枪，一口气冲了很远，回头看看，见只有两个大胆的弟兄跟上来，他放了心。看来，他这财是发定了。

最先看到的是个鬼子，瘦瘦小小的，军装不错，虽有些泥水，却有八成新。

他扑过去便扒，扒了半截才发现，军装被击穿了几个窟窿，还沾着热乎乎的血，遂自愿舍弃了。舍弃时，细心搜了所有口袋，搜出半盒老炮台烟，几张日本军票和一个小铜佛。

瘦鬼子旁边是个矮胖鬼子，矮胖鬼子仰面朝天地躺着，胸前一片沾腥的浓血，身边横着杆上了刺刀的三八大盖。他根本没注意三八大盖，只注意胖鬼子。胖鬼子没死，厚嘴唇竟在动，他这才操起三八大盖，在矮胖鬼子肚皮上捅了两刀，使原本破烂的军装变得更加破烂了。

军装是不准备要了，他又去搜口袋，搜出一张东洋女人的照片，看看不俊，摔了；搜出一封沾血的信，看看里面没藏军票，又摔了。

在矮胖鬼子身上一无所得，他很愤怒，正欲转向新的目标，无意中看到了矮胖鬼子手上黄澄澄的东西：他妈的，金镏子！他扑下便取。取了半天，却取不下来。灵机一动，他拔下三八大盖上的刺刀，一刀将带金镏子的手指剁下来，连手指带金镏子一起揣进了兜里。

跟他一起下来的两个弟兄也在发财，一个专门捡枪、捡子弹；一个尽扒鬼子兵的衣服、皮靴。他认为那捡枪的弟兄很傻，如今是在国军队伍里，不是在卸甲甸，枪卖不了钱，要枪干啥？

转念一想，又觉得不对。鬼子的枪不是长官发的，长官发的枪不好卖钱，从鬼子手里弄来的枪或许是可以卖钱的。不能明卖也能暗卖，谁管得了？

于是，连枪也要了，见一杆拾一杆，一共捡了五杆，用鬼子兵的腰带穿着，在地上拖。皮靴也捡新的扒了两双，当场穿了一双，另一双用鞋带系着挂在脖子上。军装原不准备再扒了，可看到一个汉奸官那身衣裳实在好，又揣摩衣裳里或许缝着储备券什么的，便把衣裳扒了，用汉奸官的皮带扎在身上，汉奸官的盒子炮也背上了。

也没忘记注意尸体上那一双双手，可遗憾的是，再没碰到那招人怜爱的黄东西。原本还想冒险向前走的，瞧瞧两个兄弟都满载而归了，树林里的鬼子又放起了枪，方恋恋不舍地拖着五杆枪，跌跌爬爬地向前沿阵地转进。

转进途中，想起了发起冲锋时遗弃的机枪，注意地寻，寻了半天没寻到。

正惶恐不安时，看到爬在前面的一个弟兄正拖着他的机枪，遂放了心，一步一喘地进了自家的前沿战壕。

前沿战壕正在发赏，方参谋，段团长和霍团副都来了。方参谋攥着一叠新刮刮的票子，段团长和霍团副亲自发。

他一跳进战壕，方参谋就瞅见了，当胸给他一拳：

"好样的！"

段团长也说：

"你胆子不小！"

他谦卑地道：

"全靠方……方参谋、段……段县长栽培！"

段团长对身边的人说：

"快帮帮忙，帮他把枪拖进来！"

几个弟兄帮他拖枪。

连长欧阳贵过来了，对方参谋说：

"还有两个弟兄，也捡了不少家什回来，是不是赏点！"

方参谋说：

"赏！一人赏一百！"

段团长说：

"我看得重赏，赏两百吧！"

方参谋爽快地改口：

"就赏两百！只要好好打，以后还赏！韩总司令给咱拨了赏金十万，有本事的都来拿！"

方参谋话没落音，段团长就将票子递到他手上，他心里顿时热乎乎的，把票子往兜里一塞，"啪"的一个立正，对着段团长就敬礼。不料，皮靴还挂在脖子上，手一抬，礼没敬成，倒把皮靴碰到了地上。

欧阳贵连长拾起皮靴看了看，说："这玩意他妈不错，借大爷穿两天吧！"

他说：

"行，送你了！"

说毕，马上又后悔了。日他娘，这叫什么事！他冒着风险弄来的皮靴，这臭铁匠竟好意思借！他自个儿也贱，把借又变成了送！这皮靴没准能卖一块钢洋，找到好主顾，像那有钱的丁爷丁保长，唬他两块钢洋怕也没问题！这生意没开张先自亏了。

真是亏了。皮靴不说，送就送了，好不容易拖上来的五杆枪，也被方参谋收去了，说是日后要作为战利品送给韩总司令看。那身军装自然也是战利品，韩总司令自然也要看，也被收了。冲锋一回，只落了脚上穿的一双皮靴，真有点冤。

手往兜里一揣，摸到了二百元法币的赏金，摸到了那截戴着金镏子的手指和几张湿漉漉的军票，心才踏实了一些，自觉着冤归冤，也还值。

正胡乱想着，进攻又开始了，一颗颗炮弹又呼啸着落到了阵前，弟兄们全缩进战壕里，抱头避炮。

他趁着炮火隆隆，没人注意的当口，从兜里掏出那截血糊糊的手指，一点点将金镏子褪了下来。从褪下金镏子那一刻起，他自愿放弃了赚头不大的弹壳收集事业，专心致志准备进行大有赚头的战时合法掠夺了……

十三

第二次进攻在太阳落山后又被弟兄们打退了——险险乎乎打退了。团副霍杰克和段仁义、方参谋一起好歹吃了顿安生饭。饭后,方参谋明确地对霍杰克和段仁义说:

"看来,从现在到明日拂晓前,敌人无发动第三次进攻的可能了!"

段仁义如释重负:

"这么说,咱这一天算……算打下来了!"

方参谋黑着脸点点头:

"是打下来了,可伤亡太大了!一个团几乎报销三分之一,一七六一团又不增援,我可真不知道明天该咋打!"

段仁义说:

"明天一七六一团可能会增援吧。……"

刚说到这里,电话铃响了,霍杰克就近抓起电话问了声"哪位",马上捂着话筒对段仁义说:

"团长,一七六一团赵团长电话!"

段仁义指指方参谋又指指自己:

"是找我还是找方参谋?"

霍杰克明确地道:

"找你,不是找方参谋。"

段仁义这才忙不迭地去接电话。

段仁义接电话时，霍杰克注意到，方参谋神色不安，眉头紧皱着，没有丝毫轻松感。

这一仗真够呛，莫说方参谋，就是他这个并不实际指挥作战的团副也无法轻松。伟大时刻竟是残酷的时刻，仅仅一天——实际上只是一个下午，一千八百余人的一个团就有五百余人阵亡。最惨的是第一次攻击前的炮击，倒在前沿战壕至下岗子村头五百米地带的士兵不下百十人。

段仁义放下电话后，脸色挺好，不无欣慰地对方参谋说：

"方老弟，赵团长夸我们打得好哩，说是只要再坚持一天就有办法！"

方参谋冷冷一笑：

"这一天咋坚持？他一七六一团咋不下来坚持一下！"

"赵团长说，我……我们面前只有伪军一个团和少量日军，坚持一天是有把握的。"

方参谋脚一顿，大发其火：

"放屁！他姓赵的蒙你这外行团长行，蒙老子不行！据我估计，攻我之敌总兵力不下五千人！至少也有四千！从武器配备情况看，日本山本旅团的重炮部队过来了，伪和平建国军杨华波师也过来了。"

霍杰克不知道方参谋是怎么判断出来的，但他相信方参谋的判断。这个来自二十三路军司令部的少校参谋，成熟老练，从把新三团拉上马鞍山，就一次次表现了自己在军事上的远见卓识。不是有了他，只怕前沿战壕都挖不好，今天的伤亡势必更加惨重。

方参谋又说：

"当然，因为作战地形限制，敌人的优势兵力无法发挥，但他们组织扎实的轮番进攻，我们注定是挡不住的！今天打成这样子已是奇迹了！"

这话不错，一群穿上军装只三个月的中国民众，能挡住强敌的两次进攻，实是难能可贵。说是奇迹也不过分。如中国民众都武装起来，都这样真格地打，则中国注定不会亡！

情绪激动起来，霍杰克突然想到要为新三团写首团歌，把马鞍山和卸甲甸都写进去，让弟兄们唱着团歌英勇战斗，在民族解放的历史上写下辉煌的一页。

方参谋想得没这么深远。他注重的是最实际的问题：明天怎么打？元气大伤的新三团是否能把明天一天熬下来？有无可能让韩培戈或三七六师师部把上岗子村的一七六一团派到下岗子接防？或抽出部分兵力增援？马鞍山的阻击要坚持多久？两天还是三天？抑或更长时间？

方参谋把正在村里救护所组织救护伤员的龟副官喊来，商量了一下，决定给韩培戈总司令发份电报，命霍杰克记录。

霍杰克这才把写军歌的念头强行排出脑外，认真记下了方参谋口述的电文。电文称：经一日血战，新三团重创犯我之日伪部队，阵前毙敌数百，我伤亡也颇为惨重，战斗减员几近全团兵员半数，须调下休整，或补充兵力，否则，下岗子一线实难继续坚持。电文明确请求将上岗子一七六一团调入下岗子前沿，或放弃下岗子，合并一七六一团固守上岗子。

电文记下后，霍杰克对方参谋、段团长、龟副官复诵了一遍，拿到电台室拍发去了。温小姐拍发电文时，霍杰克还没意识到这场阻击战会有什么问题，还极热烈地想着要为战斗中的新三团写团歌。

开头一段在"滴滴"作响的发报声中想好了。他叫白洁芬小姐找来电文纸，把它记了下来：

马鞍山前飘扬着我们的战旗，
炮火硝烟弥漫了我们的阵地，
为了民族的解放，
弟兄们英勇抗敌。
不怕流血，
何惧捐躯，
新三团无愧于历史的记忆！

记的时候，白小姐就勾着头在他身后看，垂下的长发撩着他的脖子，他感到痒。

他写完，白小姐也看完了。

白小姐批评说：

"是'为了民族的解放'弟兄们才英勇抗敌的么？您太抬举您那帮弟兄了！说真的，这破队伍除了您霍副官和少数几个人，好东西可不多！"

他知道白小姐还没忘记昨日上岗子村团部里的一幕，未加思索便脱口道：

"不能这么说！弟兄们散漫是散漫了些，可打起来还行，像章团副那种败类千不挑一！"

白小姐的脸红了一下，瞥了他一眼，又批评道：

"还有这里，'新三团无愧于历史的记忆'，历史有什么记忆？历史不就是一个消逝了的过程么？"

他很吃惊，没想到这位年轻的少尉报务员懂得比他还多。

他盯着她漂亮的眼睛问：

"白小姐上过大学么？"

白小姐笑道：

"没有！中学毕业后，上了两期战训班，先学战地宣传，后学电台通讯，去年年底分到二十三路军来的。"

"你说这一句该咋改？"

白小姐想了一下：

"这样行不行：'新三团于国难中巍然崛立'。"

刚说完，白小姐又连连摆手：

"也不好！你自己再想想吧！还有下段呢，合在一起想！"

他也不认为白小姐改得比他高明，遂舍下那句不管，苦苦思索了半天，想出了第二段歌词：

中华大地印下了我们的足迹，
枪林弹雨弥坚了我们的士气，

为了华夏的新生，

弟兄们射击射击。

不怕艰险，

何惧强敌，

新三团于国难中巍然崛立。

白小姐那句还是用上了，这很好，既对得起小姐，也对得起自己。

正想把这段歌词也记下来，一个小头小脸的兵来找他了，说是方参谋要他通知各营连以上军官开会商量一下情况。他只好收起纸笔，和白小姐告了别。

刚把军官们找齐，二十三路军总司令部的电令来了。

电令令他吃惊，方参谋合情合理的请求，被总司令部否决了。身为中将总司令的韩培戈既不同意新三团弃守下岗子前沿，又不同意山上的一七六一团下来增援，只一味要他们坚守。电令称，他们阻击的敌人仅为日军山本旅团一个大队，伪军杨华波部一个团，欲入会战地区的敌主力部队去向不明，并未汇集于马鞍山一线，为防不测，一七六一团绝不可擅自投入。

方参谋看完电令，一句话没说，当着众多营连长的面默默把电令撕了。

龟副官说：

"总座显然不知下情，才做出如此荒唐的决定！"

方参谋木然地道：

"不！这里面有名堂！"

有什么名堂，方参谋没说，但龟副官似乎意会了，忧郁地看着方参谋问：

"真是这样，咱咋办？"

方参谋冷冷道：

"如若总座不仁，也就怪不得我们不义了。"

段仁义团长疑惑地问：

"总座怎么不仁？"

二营长兰尽忠也道：

"总座该不是叫咱全在这儿殉国吧？"

方参谋心烦意乱地挥了挥手：

"别问了！只要大家不怕掉脑袋，到时候听我的！"

众营连长们马上表示：

"方参谋，我们听你的！"

"杀头杀大家的！"

都以为要撤。

一营营长章方正干脆把话挑明了：

"方参谋、段团长，你们下令撤吧！没有增援，这仗打不下去！撤了后，咱他妈不扯二十三路军旗号了，您二位长官带着咱打游击！"

方参谋出人意料地道：

"谁说要撤了？！是段团长说了，还是兄弟我说了？！现在还没到撤的时候！谁撤老子毙谁！今夜要抓紧时机赶修炸毁的前沿工事，准备迎击拂晓后敌军新的进攻！"

方参谋这回根本没征求段仁义团长的意见，就发布了新的命令：把三营两个预备连投入侯营长一连、二连防区，把章营长一营两个连投入了二营兰营长防区，村里只留下章营长的一个连。

布置完毕，方参谋说：

"从明天拂晓起，我和段团长、黾副官全下到前沿各营去，村里团部只留霍团副坐镇，未经我和段团长的命令，擅自溃退者，霍团副有权不经禀报先行正法！好了，散会！"

散会后，方参谋跌坐在椅子上，直愣愣地望着他说：

"霍团副，你怕么？"

他摇摇头，冷静地说：

"我是自愿参加新三团的！"

方参谋笑了笑：

"这我知道！"

他又想起了那首未写完的团歌。

"我还为咱新三团写了首团歌！"

"哦！还有这心思？念我听听！"

他掏出电文纸念道：

"马鞍山前飘扬着我们的战旗，

炮火硝烟弥漫了我们的阵地……"

方参谋不知咋的眼圈红了，在他把歌词的第一段念完后，没来由地问他：

"还记得我刚才的命令吗？"

"记得！无你和段团长的命令，谁敢擅自溃退，不经禀报，即可正法！"

方参谋点点头，又摇起了头：

"不要真执行，不……不要向任何弟兄开枪，能放一条生路，就……就给弟兄们放一条生路吧！"

他惊问：

"为啥？"

方参谋凄然一笑：

"我们被出卖了！"

出卖？怎么回事？在弟兄们为国家、为民族浴血抗战时，竟还有出卖？！谁出卖了我们！难道是二十三路军司令部？难道是身为中将总司令的韩培戈？

果然是二十三路军总司令部和那位总司令韩培戈。方参谋冷静客观而又入情入理地把战前战后的全部疑虑都端了出来，把他和段仁义团长惊呆了。

"兄弟，你上当了！此一战后新三团将不再存在！你那首团歌不会有任何人唱，不会有任何人听……"

声音渐渐恍惚了，写着团歌第一段歌词的电文纸，从他颤抖的手上滑下来，落在地上两摊浓痰和几只被踩扁的烟头上……

十四

天刚麻麻亮，进攻就以前所未有的规模开始了。日伪军的重炮、钢炮对着前沿阵地和下岗子村持续猛轰。前沿战壕多处垮塌，下岗子村几乎被夷为平地。不说战壕里的弟兄，就是村里仅存的一个预备连也伤亡惨重。电台被炸毁了，温小姐殉国，白洁芬负伤，连接下岗子和上岗子的电话线被炸断。新三团和二十三路军司令部和上岗子一七六一团的联系中断了。

七时许，近两千日伪军在轻重机枪的掩护下发起集团冲锋，其左翼前锋一度逼入新三团二营战壕十余米处。二营营长兰尽忠被迫率着弟兄们跳出战壕与敌肉搏，才勉强保住防线。八时左右，被我机枪火力压到山下大路旁的另一股日伪军，以路堤作掩护，构筑临时阵地，对我左翼阵地造成极大威胁，并将攻守战一举演变成阵地战，形成僵持。近九时，日军三架"九六"式轰炸机临空协战，十几分钟内在前沿阵地投下了不下二十颗炸弹，威胁不大，却动摇了军心，致使左翼章方正部的部分士兵仓皇溃退，方向公参谋正在其部，立毙六人，才勉力稳住阵脚。

这时，身为新三团实际指挥者的方向公已明白，阻击战打不下去了，一七六一团拒不下山增援，前沿阵地和下岗子村势在必失。日伪军的攻击意志是顽强的，不在今日越过马鞍山看来不会善罢甘休。

一切均在他的预料中。爹不疼、娘不爱的新三团被出卖了。韩总司令当年救他是一回事，如今出卖新三团是另一回事。总司令爱兵，他是兵，而新三团的弟兄们在总司令眼里根本不是兵，是暴民。韩总司令从把新三团划归总司令部直属并派上马鞍山就没安好心。总司令是想耗光新三团，也耗掉面前日伪军的部分锐气。实际上韩总司令并没指望新三团阻住日伪军的增援部队，他指望的是上岗子村的一七六一团。他嘲笑霍杰克上当，实际上他也上当了，对韩培戈的忠诚，使他和新三团无可奈何地走入了绝境。现在，他还怀疑起了河东的三七七师；何以三七七师的防线在短短几小时内就被击溃？究竟有没有三七七师的河东防线？山本旅团、杨华波的和平建国军何以如此轻易地过了洗马河？！

他真傻！竟以为自己重任在肩，竟在开战前自找麻烦要来一七六一团——当然，退一步想，如果韩培戈一定要耗光新三团，他不要求增援，一七六一团也还是要来的，也还是要在上岗子村安营扎寨的。麻烦恰在这里：一七六一团压在上岗子，新三团的退路便被切断了。新三团一退，一七六一团定会开枪阻击。他和新三团的前途只一个，在一七六一团的胁迫下和日伪军拼命，直至拼掉最后一兵一卒，全部战死在这片焦土上。

身为中将总司令，竟这么不顾抗日大局，民族大义，这无论如何都是说不过去的。这样的总司令已不配占有他的忠诚。事情很明白，新三团的命运和他的命运是连在一起的。再说，三个月来，他和这帮来自卸甲甸县城的弟兄们朝夕相处也有了感情，尤其是昨天一下午打下来，感情更深了一层。这些弟兄们尽管散漫，却是在竭尽全力执行长官的命令，是真真切切在为国家民族而战。

撤退！哪怕挨枪毙也要撤。

主意打定，他在半小时内连续下达了三道命令。令三营长侯顺心悬赏组织敢死队，居高临下对盘踞路堤的日伪军发起强攻，消除近在眼前的威胁。令团副霍杰克带卫队士兵负责恢复和一七六一团的电话联系，并组织团部和伤员撤退。令其他部属竭尽全力维持阵地，坚持到敌军完全退却。

命令立即执行了，弟兄们都知道面临的危险，这会儿与其说是奉命打，不如说是为了生存，为了阻挡死亡自愿参战。侯顺心拿着他仅剩的三万三千块法币赏金，竟组织了一支二百余人的敢死队，在十几挺轻重机枪的掩护下，逼近路堤，先后三次冲锋，以伤亡近百人的代价摧毁了敌军的临时阵地。其余各部也不错，三架轰炸机飞走后，顽强打退了阵前进攻之敌。与此同时，他把段仁义、龟副官和章方正、兰尽忠召到身边，守着临时接起的电话机，把抗命撤退的计划和他们说了，明确讲：山上的一七六一团敢开火，新三团就用同样的手段对付。

段仁义挺害怕，吞吞吐吐地说：

"能……能不这么干，最……最好还是不要这么干。是……是不是再和韩总司令商量一下？"

方向公冷笑道：

"没必要再商量了！温小姐殉国了，电台也炸毁了！再说，商量了也没用，事到如今，你段团长还看不出这里面的名堂么？！"

"那……那也得和……和赵团长通个电话，大……大敌当前，和……和一七六一团火……火并总不是办法！这……这新三团团长毕竟是我嘛！"

他这时真想给段仁义两个耳光。这窝囊废团长大概是被那次卸甲甸事变吓昏了，面临绝境还这么优柔寡断。

倒是章方正、兰尽忠两个营长干脆，坚定支持他的抗命计划。

章方正说：

"段大哥，你哪是啥团长？你是县长！在卸甲甸我们弟兄听你的，在这里就得听方参谋的，你也得听方参谋的！方参谋是为咱着想！"

兰尽忠也道：

"对！听方参谋的！只要他一七六一团敢对咱们下毒手，咱就拼！咱已拼过卸甲甸炮营，再拼拼一七六一团又咋啦？！"

龟副官却心平气和地劝段仁义：

"段团长，这不是我们要打，是人家要打，人家已经把咱推到陷阱里了，不打不行哇！"

段仁义这才连连点头说：

"好！好！我……我听大家的！唉，听大家的！不……不过，我想电……电话通了后，还……还是先打个电话，能……能不打最……最好……"

恰在这时，电话响了，方参谋急迫地摸起电话，马上听到了一七六一团赵团长的声音。

在电话里，赵团长先抱怨电话被炸毁后为啥不迅速接通，继而又问新三团的情况。方向公夸张地答曰，已经没有什么新三团了，情况很不好，全团伤亡已逾一千二百之众，下岗子村已不复存在，阵地随时有可能丢掉。赵团长沉默了好久才说，既然如此，请他和黾副官并电台、报务员立即撤往上岗子，还说这是韩培戈将军的意思。阴谋至此暴露无疑。

方向公忍住怒火，尽量平静地问：

"那么，新三团剩下的几百号人咋办？是不是也撤往上岗子？"

赵团长一口回绝：

"不行！新三团必打至最后一人，前沿必守至最后一刻，如自行撤退，我部将奉命阻拦并予歼灭！"

他再也憋不住了，对着话筒大骂：

"混账！你们都他妈混账！这一仗打完，只要老子活下来，一定要到重庆蒋委员长、何总长那里告你们！"

他把话筒摔了，又狂暴地扯断了电话线。

段仁义战战兢兢地问：

"怎……怎么回事，究……究竟是怎……怎么回事呀？"

他眼一瞪：

"别问了！撤！集中机枪，备好弹药，准备向一七六一团开火！"

段仁义傻了：

"真……真打？"

他几乎要哭出来：

"还假得了？！一七六一团要歼灭你们！只让我和黾副官撤走！你不打行么？"

段仁义怔了片刻，痴呆呆地道：

"那……那你和黾副官就撤吧！我……我们不能再拖累你们俩了！"

章方正也说：

"方参谋、黾副官，你们走吧，新三团的弟兄不恨你们！"

兰尽忠红着眼圈拉住了他：

"把……把段县长也带走！他不该跟我们一起遭殃！这……这里的败局兄弟我……我和章营长、侯营长收拾，就是要打狗日的一七六一团，也……也由我们来打！"

他不能走。而且，压根就没想过要走。

"我不走，这一仗是我带着诸位打的，现在我走了像什么话？！"

黾副官也深明大义，立即接上来说：

"对！或者一起生，或者一起死！从现在开始，我同方参谋和新三团共命运了！"

章方正噙着泪叫道：

"好！攻上岗子，老子的一营打冲锋。"

兰尽忠却道：

"还是我的二营来！我这儿老兵多！"

方向公想了想说：

"别争了！我们要对付上岗子的一七六一团，还要继续阻击日伪军，掩护全团撤退。我看是不是这样：章营长带着一营随我打上岗子，兰营长的二营留下来继续阻击，待我和章营长突破一七六一团防线后跟上来，回头让侯营长的三营组织伤员撤退。"

说轩，征求段仁义的意见，段仁义用信赖的目光看着他说：

"我和弟兄们都听你的！"

十五

　　章方正没想到韩培戈会这么歹毒，事变后编建新三团时，还认为这位中将总司令挺仁慈，也挺好对付。他和侯顺心、兰尽忠为了各自的利益曾商量过，希望二十三路军总司令部不要派外路人来新三团任职，韩培戈便没派，他便以为得计——直到昨夜都这么认为。现在看来，他恰恰上了韩培戈的当。韩培戈既然决心干掉新三团，当然不会把自己的人派来送死，派来方参谋和黾副官也只是为了更快捷地把他们往坟坑里送。当然，方参谋和黾副官并不知情，也被韩培戈一并葬送了。

　　说到底方参谋、黾副官是好人，也算是有情有义的汉子。闹到这份上，他们没把弟兄们甩了，自己拔腿走人，就冲着这点，他章方正也不能不敬服。况且方参谋有勇有谋，哪方面也不比他差，逃过这一劫，能拉起一帮弟兄打游击，他真心诚意拥戴方参谋做司令！

　　兰尽忠也不赖，关键时候靠得住。细想一下，兰尽忠一直是靠得住的。事变那日，他说打炮营，兰尽忠当即拍了胸脯；眼下打一七六一团，人家也争着上，说是手下老兵多。其实，兰尽忠手下哪还有多少老兵？二营打得不到三百号人了，他自个儿胳膊上也受了伤。再说，兰尽忠留下来阻击日伪军，掩护弟兄撤退也不轻松，没准比他章方正还险。

　　都是好弟兄哩……

　　打通一七六一团防线是有可能的，上岗子距下岗子不过三里多路，他的一营曾在上岗子布防，现在一七六一团据守的工事还是他带人修起的。还有，他们这一回是不宣而战,就像卸甲甸事变对付吕炮营一样,颇为突然,八成一七六一团的王八孙子们会措手不及的。

方参谋却不像他想得这么美好,出了下岗子村,沿着崎岖山道向上岗子进发时,就对他说:

"章营长,没准我们得把命葬送在一七六一团手里!我当初真不该让你们一营把工事修得那么牢!"

他听出了方参谋这话中潜含的歉疚,真诚地道:

"这不怪你老弟,当初是准备对付鬼子,谁想到会有眼下这一出!"

方参谋拍了拍他的肩头,自我解嘲道:

"也好,就试试你老弟的工事吧!咱攻不上去,算你老弟的工事好,攻上了我还得叫段团长罚你!"

他笑了:

"我真他妈的愿意受罚!"

说话间,一段段山路被抛在身后。身后是平静的,除了零星枪声,听不到更多令人不安的响动,看来鬼子新的进攻还没开始。

上面却打响了,不知是哪方先开的火,反正是打响了。他和方参谋来到队伍前面时发现,上岗子的下沿阵地上,几挺机枪在对着他们置身的山道扫射,冲在头里的弟兄已有了伤亡,山道上横着几具弟兄的尸体,活着的弟兄全卧在道旁的山石后面,野草丛中。临时支起的几挺手提轻机枪正对着一七六一团的下沿阵地乱扫,只一会工夫就压倒了对方的火力,打得那边的国军弟兄根本抬不起头。

他和方参谋趁机率着身后的弟兄跳跃前进了一截,待上面的子弹扑过来时,已在一块大石头后面卧下了。

距下沿阵地已经很近了,阵地上一七六一团弟兄露出的脸孔都能看清楚。

方参谋叫弟兄们停止射击。弟兄们的枪声一停,山上的枪声也停了。

方参谋显然还想说服一七六一团的弟兄,他跪在石头后面,露出脑袋对阵地上的弟兄喊:

"一七六一团的弟兄们！我是总司令部作战参谋方向公！请你们赵团长出来说话！"

赵团长没出来，赵团长的声音却传出来了，恍惚是从正对着他们的一座暗堡里传出来的：

"我听到了！我是赵德义，方参谋，上峰的命令我们都要执行！民族危亡之际，我们都要顾全大局，守土抗敌！违抗军令，擅自弃守阵地者军法不容！方参谋，请奉劝新三团的弟兄们赶快回去，组织反攻！韩总司令又拨法币八万元，做阵前赏金！"

方参谋对他恨恨骂了声什么，又不顾一切地站起来喊：

"赵团长，一七六一团的弟兄们，新三团并未放弃前沿，撤下来的只是伤员，请允许兄弟把他们送往后方！弟兄们，人心都是肉长的，只要打仗，大家都有受伤的时候！送走伤员，我方向公保证新三团的弟兄和你们一起战至最后一人，最后一息！"

方参谋在说假话。

方参谋关于伤员的假话显然起了作用，阵地上一七六一团的弟兄们骚动起来，许多士兵大胆地探出脑袋认真听。

方参谋又说：

"弟兄们，我们守土抗敌的目的是一致的，责任是一样沉重的！新三团垮掉，你们就要正面受敌，你们难道不愿多几个弟兄和你们并肩作战么？你们难道忍心用打鬼子的子弹去打自己受伤的弟兄吗？二十三路军没有消灭伤兵这一说！韩总司令爱兵是人所共知的，弟兄们，收起你们的枪吧！让……"

这时，暗堡里的机枪开火了，方参谋没把后面的话说完，就被一阵稠密的子弹扫倒了，连一句告别的话都没来得及说，便栽倒在他身边。

这太突然了，章方正根本没想到方参谋会中弹，更没想到方参谋会死。方参谋倒下的当儿，他跃身上前，将方参谋搂住了，搂住方参谋后，才感到手上、脸上粘着什么热乎乎的东西，才发现方参谋的上半身几乎被扑来的机枪子弹打成了筛子。

这个被二十三路军总司令部派到新三团来的不到二十五岁的年轻少校参谋，没死在鬼子的枪弹下，却倒在了同属于二十三路军的一七六一团枪口下。

热血涌上脑门，章方正一下子失去了理智，转身夺过一挺手提机枪，疯狂地对着一七六一团的暗堡扫射，边扫，边向暗堡前猛冲。他要亲手干掉那个赵团长，把这小子的肚皮也打成筛子，为方参谋复仇，也为新三团倒下的弟兄们复仇。

眼前一片迷蒙的血色，暗堡、工事和山下的景物，全在血色中时隐时现。枪"哒哒"响着，在手中沉沉地颤着，弹壳不断地迸出，枪筒里吐出的弹头打得山石白烟直冒。他狂暴地呀呀叫着，四处寻找他的目标，完全忘记了自己置身何处。

泻下一片弹雨，他的寻找和攻击一并失败了，几粒同样来自一七六一团的子弹，击中了他壮健的身躯。他不由自主倒下了，倒在一片野草丛中，倒下时还搂着他的机枪。食指最后动了一下，枪膛里一串子弹飞向空中，他满是鲜血的脑袋歪到了一旁。

临死前，章方正极不甘心地骂了一句：

"日他娘！"

十六

兰尽忠在望远镜里看到，两个挑着白布褂子的人，一边喊着什么，一边向前沿阵地走。两个人都是老百姓装束，一个穿着长袍马褂，头上扣着瓜皮帽；一个上身穿着对襟黑袄，下身穿着军裤，面孔似乎都很熟，可却一时想不起在哪见过。待二人走近了，三营二连代连长欧阳贵认了出来，说是这俩小子原来都是二连的，一个叫别跃杰，原是二连连长，一个叫范义芝，原是二连连副，都在开战前当了逃兵。

兰尽忠这才想了起来，不错，是这两个人！他们原来都在独眼营长侯顺心手下，那别跃杰开过大发货栈；范义芝做过国小校长，他们从鬼子那边过来干啥？做说客么？妈的，怪不得半天没进攻。

也幸亏没攻，如果攻了，只怕现刻儿就没啥新三团了。山上一七六一团的防线无法突破，鬼子的进攻再挡不住，在山上山下的两面夹击下新三团非完蛋不可。

眼下还不错，虽说退路没有打通，方参谋、章方正和一营百十个弟兄又倒在了一七六一团的枪口下，但全团残留的兵力又集中到前沿了，弟兄们至少还可以最后挣扎一下。

别跃杰和范义芝的面孔段仁义也认出来了。

段仁义的脸色很难看，攥着六轮枪的手直抖。

"他们上来干啥？"

"想必是劝降吧？人家现在代表日本皇军了！"

代表日本皇军的别跃杰、范义芝真他妈是熊包一对，一进前沿战壕就跪下了，见了任何弟兄都叩头，还痛哭流涕说，他们不愿来，是被鬼子汉奸硬逼来的，和他们一起逃走的小传令兵不愿来就被鬼子们用刺刀开了膛，血糊淋拉的肠子挂了一树。

段仁义不为他们的哭诉所动，只问他们来干什么？他们爬到段仁义面前，把一封劝降信交给了段仁义。

劝降信是日军旅团长山本三郎和和平建国军杨华波联名写给段仁义、方参谋的。

信中说：皇军和和平建国军对贵部官兵之顽强抵抗深表钦佩，但这种抵抗却无意义。其一，皇军和和平建国军以其优势兵力和精良火器，突破阻隔仅是时间问题。其二，二十三路军主力部队并未参战，河东防线为三七七师主动弃守，贵部实则已被牺牲，固守下去则注定牺牲殆尽。因此，皇军和和平建国军建议：甲、新三团归顺汪主席，改编为和平建国军。乙、如暂不归顺，可主动放弃阵地，撤出战区，皇军和和平建国军保证所有官兵之生命安全。撤退途径有二：A.由陆路撤出，皇军和和平建国军将在山下阵地让出通道。B.从水路撤出，皇军和和平建国军将备船供其部官兵作东渡洗马河之用。

山本三郎和杨华波限令段仁义、方参谋在两小时内答复。

段仁义看完，把信转给众人看，侯顺心和霍杰克赶来后，段仁义让他们俩也看看。

劝降书在众弟兄手里转了一圈后，又回到段仁义手里。段仁义令欧阳贵把别跃杰、范义芝押走，而后问大伙儿：

"你们看咋办？"

谁也不吭声，大伙儿都盯着段仁义的脸孔看，方参谋不在了，新三团这回真正是段团长当家了。

段仁义显然不想当这个家，或者说不愿当这个家，见弟兄们都不作声，又缓缓转过半个身子问苪副官：

"苪老弟，你看咋办？"

黾副官叹了口气：

"信上说的都是实话！有些情况比他们知道得还严重！诸位都清楚，我们不仅仅是被牺牲了，而且是被出卖了！"

侯顺心睁着火辣辣的独眼道：

"既然上面卖咱，咱也把上面卖掉！这仗咱不打了，咱一不做，二不休，干脆……"

"干脆当汉奸？"

团副霍杰克打断了侯顺心的话头，激动地说：

"姐夫，当初我到卸甲甸来投奔你的决死队，不是为了向鬼子投降！韩培戈欠咱们的账咱们要算，民族大义咱们也要顾！一个抗日军人没这骨气，咱国家还有希望么？！"

兰尽忠认为霍杰克的话有道理。不管咋说，弟兄们还是中国人，中国人家里的账是一码事，和日本人的账又是一码事。他这个当年汤军团的机枪连长，参加过多次对日作战的老弟兄，不能在这马鞍山前戴上汉奸帽子，留下一世骂名。

兰尽忠便也接着霍杰克的话道：

"霍老弟说得对，我们不能降，也不能撤！撤就是降！两军对垒，哪有从敌军阵地上撤下来的事？！老子从未听说过！我们要撤也只能从我方一七六一团的阵地上撤！"

黾副官说：

"我们还要警惕鬼子的鬼把戏。我们自己的总司令都会耍我们，谁又能保证鬼子不耍我们？！如果撤退途中鬼子对我们开火，我们不管是在河中还是在陆路，都只有挨打的份！战争中什么事都会发生！"

霍杰克热烈地道：

"我看，干脆把别跃杰，范义芝毙了，绝了鬼子们的妄想！我们纵然全部战死，也不能让新三团的团旗蒙上耻辱！"

段仁义偏摇起了头：

"诸位再想想，再面对现实好好想想：我们能不能利用鬼子的劝降争取一点时间？哎？哪怕就两小时！如果能挨到今天晚上，哎，我们有无可能避开一七六一团正面阵地，哎，从山顶两侧悄悄通过一七六一团防区？！"

真他妈见鬼！段仁义没了方参谋作依靠，脑袋竟变得灵活起来。段仁义的设想是完全可能的，既能保住弟兄们安全撤出，又能避免做汉奸的耻辱。

兰尽忠当即表示赞同，龟副官、霍杰克和侯顺心也没意见，事情就这么决定了：暂且留下别跃杰、范义芝的狗命，让他们回去向鬼子传话，新三团可考虑撤出，欲走水路，请鬼子们备船。他们估计，鬼子们要拿出十几二十条船，没三五个小时绝无可能。

不料，别跃杰、范义芝下山后不到两小时，鬼子竟把船备好了。他用望远镜看到，十几只空船被鬼子们推了上来，每条船上蹲着个汉奸兵。

别跃杰、范义芝又上来了，说是请弟兄们启程。段仁义二话没说，一人给了他们一枪。头一次杀人，手抖得厉害，别跃杰、范义芝挨了枪却没死，害得兰尽忠和欧阳贵又一人给他们补了两枪，才把他们最终打发上路。

这已是下午三时左右了。

三时四十分许，鬼子汉奸们见阵地上没动静，又派了个汉奸副官来，汉奸副官一上来，又被毙了。

四时二十分，鬼子识破了他们的计谋，放弃了劝降的努力，再次向阵地发起进攻。

有了这段间隙，前沿阵地恢复了较严密的防守，能开枪的伤员也全部进了战壕。战斗进行得不错。兰尽忠乐观地估计，坚持到太阳落山是有七八成把握的。

却没想到河边那十几条船里竟暗藏着机枪。攻击一开始，船上的机枪就猛烈扫射了，营副周吉利和一连长伍德贵、二连长马大水相继阵亡，对着河边的几十米防线出现缺口。

段仁义急了眼，在激烈的枪声中问兰尽忠：

"咋……咋办？咋办？"

在机枪的掩护下，至少百十号鬼子汉奸攻上来了，冲在最前面的家伙距阵地的缺口不到四十米。

兰尽忠嘶声大叫，要两翼迅速向缺口处靠拢，同时命令身边的弟兄上刺刀，准备手榴弹。

段仁义不像个团长，倒像个服从命令的士兵。他话音一落，段仁义便从一位阵亡弟兄身旁捡起了一支步枪，笨拙地上了刺刀，往缺口处冲。

缺口附近子弹乱飞，两翼扑上去的弟兄已有不少倒下了。

兰尽忠害怕了，不是怕自己中弹身亡，而是怕段仁义在呼啸的枪弹下丧命，段仁义不但是他们的团长，也是他们的县长，他无辜地被拖进新三团，被拖进这场血战，已使他们深含愧疚了，若是段团长再死在他身边，他兰尽忠将何颜以对卸甲甸一县七万多民众！

兰尽忠大喝一声："危险，段县长！"

是的，那最危险的关头，他是喊他县长。段仁义本身就是县长，是个很不错的县长。没有这个县长，只怕卸甲甸早在三个月前就被韩培戈的大炮轰平了！

兰尽忠喊着，扑了过去，在十几米开外一截被崩塌了的焦土上，追上了段仁义，并在一排子弹击中段仁义之前，将他压到了自己的身下。兰尽忠自己却中了弹，身体一下子软了，瘫了。他挣扎着想抬起头，可眼前一黑，在烟尘飞扬的嚣叫中，走进了一片死寂的天地。

那片天地是宁静的，没有战争，没有炮火……

十七

在后来残余的岁月中，段仁义再也忘不了马鞍山阻击战的最后一个夜晚。那个夜晚像一个世纪那么漫长，像整个世界那么沉重，使他直到生命的最后一刻都没能从那个夜晚走出，都没能卸掉那个夜晚压到他身上的重负。

那个夜晚下着毛毛细雨，悄无声息，缠缠绵绵。没有雷鸣，没有闪电，甚至没有风，尸体狼藉的山野上寂静得吓人。举首对空，是湿漉漉的黑暗，垂首看地，也是湿漉漉的黑暗，仿佛世界的末日。在末日的气氛中，他和他率属的二百余名衣衫褴褛的新三团的幸存者们默然肃立着，向这场血战，向在血战中倒下的一千六百名卸甲甸弟兄告别。

夜幕伴着细雨落下来时，敌人的最后一次进攻又被打下去了。对新三团来说，战争结束了，弟兄们将奉他的命令撤离战场，各奔前程。新三团作为一支中国国民革命军的武装力量将不复存在，嗣后的一切后果，都将由他这个团长来承担。

他乐于承担这责任。他的来自卸甲甸的士兵们，在被自己的总司令出卖之前和出卖之后，都是无愧于国家民族的。他们在经过短短三个月的操练之后，凭借手中低劣的武器装备，把一场阻击战打到这种地步，是十分了不起的。一千六百余具血肉之躯已证明了卸甲甸民众的忠诚，洗清了那场事变带给他们的耻痛。

想想真不可思议，这帮被迫上阵的根本不能叫做军人的卸甲甸民众，竟然在马鞍山前把一个日军旅团，一个伪军师阻击了整整三十六个小时，并予重创——他估计——倒在阵前的日伪军可能不下千余人,实在是一种战争奇迹。而造成这种奇迹的,不是他这个团长的指挥有方,不是方参谋的军事才干,甚至也不是弟兄们常态下的勇气和力量,而是来自我方和敌方的双重压榨。在无法抗拒的双重压榨中,他们的生命走向了辉煌,爆现出令人炫目的异彩。

从这个意义上讲,总司令韩培戈正是这奇迹的制造者。

然而,为这奇迹,卸甲甸人付出的代价太大了,一千六百人倒下了,永远躺在这片焦土上了。卸甲甸的男人们被一场血战吞噬殆尽。卸甲甸县城成了寡妇城,孤儿城,他这个卸甲甸县长,如何向那成千上万的孤儿寡妇交待!她们的儿子,她们的父亲,她们的丈夫,她们的兄弟,是他带出去的呀!是他以国家民族的名义带出去的呀!现在他们都去了,有的死在鬼子的炮火中,有的死在自己人的枪口下,他如何向她们说呢?说他们被出卖了?说他也糊里糊涂上了当!他是他们的县长!她们信任他,把自己的儿子、丈夫、兄弟交给他,他却带着他们上当!早知如此,当初倒不如据守城垣和三七七师围城队伍一战到底,如此,卸甲甸父老姐妹们的怨恨将不会集中到他身上。

这幸存下来的二百多号弟兄必须走,他却不能走。他过去是卸甲甸的县长,现在是新三团的团长,他要负责任。既要代表国家民族对他的士兵,对卸甲甸民众负责任;又要代表他的士兵,代表卸甲甸民众对国家民族负责。在一千六百多号弟兄倒在这儿的时候,他没有任何理由以幸存者的身份回去。

新三团在向战争告别,他也在向幸存的弟兄们告别。那面打了三个月,并在下岗子村里被炮火烧掉了一角的团旗,在他怀里揣着。他站在下岗子村头的废墟上,泪眼朦胧看着幸存的卸甲甸男人们。

天太黑,弟兄们的脸孔看不清。他却想好好再看看这些弟兄们,便令团副霍杰克点火把。霍杰克怕点起火把会引来鬼子的炮火,他淡淡地说,不管这么多了,反正马上要撤了,就是鬼子打几炮,也没啥了不得,他们开炮,正好给咱送行!

十几支火把点着了,弟兄们的脸孔变得真切起来。

他看到了三营长侯独眼。

这个当初肇事的祸首依着磨房前炸塌了半截的青石墙立着，扁平的脸孔上毫无表情，似乎对生死已麻木了。这老兄运气好，和他一起肇事的章方正死于一七六一团的阻击，兰尽忠死于鬼子进攻的枪弹，他却安然活着。

当然，侯独眼该活，就是兰尽忠也该活，没有这两位营长的最后坚持，入夜前的最后一次进攻很难打退。况且，兰尽忠又救了他的命。他觉着，侯独眼和面前的弟兄们活下去，就等于他活了下去——马鞍山阻击战把他和他们的生命溶为一体了。

侯独眼身边是欧阳贵。这个铁匠弟兄三个两个阵亡，只剩下了他。他是被绑进新三团的，绑他的是保长丁汉君。他记得那日写花名册时，欧阳贵还把桌子踢翻了，方参谋差点没毙他。后来听说欧阳贵老和丁保长闹个不休，至少揍过丁保长三回。如今，血战的炮火也把他们打到一起了，欧阳贵一只胳膊上缠着绷带，另一只强壮的胳膊还架着同样受伤的丁保长。

丁保长冤枉。事变那夜，他连大门也没出，编建新三团的头一天，还卖力地帮他抓丁，最后自己也进去了，叫他当连长，他还不干，结果以保长的身份做了三个月大头兵。眼下，他的腰、腿都受了伤，看样子怕是难以走出战场了。

目光下移，在一棵连根炸翻的槐树旁，又看到了足登皮靴的刘破烂。刘破烂歪戴着帽子，肩头上背着个蓝花布小包袱，不知包袱里掖着什么宝贝。这人的胆量他真佩服，接连三次爬到鬼子汉奸的尸体堆里发洋财，光拖上来的子弹就有几百发。为此，他三次给他发赏，总计怕发了不下千余元的法币。死神对这种不怕死的人偏就没辙，这人居然连根汗毛都没伤。刘破烂只要今夜穿过一七六一团防线，就是赢家。他可以在未来和平的日子里，在酒足饭饱之后，毫不羞愧地对人们炫耀他的战争故事，和他从死神手里捞回的战争财富。

这也合情合理。就冲着刘破烂的英勇，他也该带着他的财富凯旋而归。

不属于卸甲甸的只有三人，黾副官，报务员白小姐，团副霍杰克。

此刻，这三人都站在他身边，霍杰克手里举着火把，黾副官在火把跃动的光亮下抽烟，白洁芬吊着受伤的胳膊，在黾副官身后木然站着。

霍杰克直到现在依然衣帽整齐，从他身上看不到绝望给生命带来的丝毫懈怠。这个年轻大学生活得庄严，凭一腔热血，掷笔从戎，以身许国，自愿跳进了以抗日名义设下的陷阱。知道被出卖后，他依然保持着可贵的理智，从未产生过投降附逆的念头。这真难得。

氐副官是新三团的陪葬者。韩培戈将他和方参谋送来陪葬，可能是因为他们在二十三路军司令部里就不讨喜欢，不会吹牛拍马。方参谋不说了，这个精明强干的参谋脾气大，和新三团的弟兄都冲突不断，和司令部里的人免不了顶顶撞撞。可氐副官又为啥被赶到这儿来送死的呢？氐副官脾气真不错，为人也憨厚，凭啥要落得这种命运？！

也许——是的，也许他的想法不对，也许他们都是韩培戈很信得过的人，韩培戈派他们来，不仅仅光是让他们陪葬，也还想把新三团的葬礼安排得更隆重一些。韩培戈要靠战争毁掉新三团，又想让新三团的毁灭给自己带来最大的好处。为了这目的，葬送两个年轻参谋、副官的生命又有啥了不起？对一个中将总司令来说，两个年轻下级军官的生命真不如他一条宠狗。

还有白小姐，这群幸存者中唯一的女性，她和温小姐大概是作为整个阴谋的一部分，被韩培戈派到新三团来的。当然，她自己肯定不知道，殉国的温小姐更不会知道。他段仁义也是直到此刻，看到了白小姐火光映照下的俊美面容，才鬼使神差想起这一点的。韩培戈为啥不派两个男报务员来，非要派两个年轻女人来？就是要诱使来自卸甲甸的弟兄上勾，一俟发现非礼之举，立即正法。在白集整训时，三营有个弟兄就因为看温小姐洗澡挨了枪子。开战前，原团副章金奎又倒在白小姐的裙下——虽说章金奎是霍杰克打死的，可他相信，霍杰克不打死章金奎，方参谋还是要毙章金奎的，这是嘲弄他段仁义。他做县长时，不是一再抱怨卸甲甸炮营骚扰地方，奸淫民女么？如今你段团长看看自己的部下吧！你还有什么话说？！

他相信韩培戈做得出。事变后，在省城二十三路军司令部的那一幕给他的印象太深了。韩培戈竟然对着地图上的卸甲甸开枪，竟然当着他和高鸿图老主席的面毙了吕营长，竟然在杀气腾腾地进行了这番表演后，还能那么自然地请他出面组建新三团！这位将军不但是阴谋家，是杀人不眨眼的刽子手，还是个道道地地的政治流氓。

雨慢慢地落，他默默地想，由新三团，由面前这场被出卖的血战，想到了许多深远的问题，他极想在这告别时刻，把他想到的都告诉弟兄们……

然而，这太不实际了。

他长叹一声，收回了无边的思绪，重又回到严酷的现实面前。

现实是，这些浸泡在毛毛细雨中的弟兄们要走出去，绕过一七六一团的防线，撤到安全地带，而后辗转返回卸甲甸。卸甲甸该卸甲了，他们的仗打完了，他这个前县长，现团长，得最后向弟兄们说点什么。

他把这意思和团副霍杰克说了。

霍杰克把火把向他面前举了举，大声对弟兄们宣布：

"请段团长最后训话！"

他抹去了脸上的雨水和泪水，嘴张了张，喊了声"弟兄们"，下面却没词了。

他真不知道该向弟兄们讲些什么。

弟兄们用忠诚的目光望着他。

他愣了半晌，以县长的口吻，而不是以团长的口吻讲话了：

"弟兄们，我……我只想告诉你们，咱……咱要回家了！上面说啥咱不管，咱……咱回家！有什么账，让他们找本县长算！本县长拼着碎尸万段也……也要为卸甲甸县城留点种！"

他的话语感动了弟兄们，有人呜呜咽咽地哭。

他手一挥：

"哭啥？咱卸甲甸的弟兄都是好样的！咱……咱在这里打了三十六小时阻击，咱……咱无愧于卸甲甸的父老姐妹！本县长感谢你们！真心诚意地感谢你们！你们给本县长争……争了脸，给咱卸甲甸父老姐妹争了脸，咱……咱卸甲甸百姓世世代代忘不了你们！"

看到龟副官、霍杰克和白小姐，他又说：

"本县长也要感谢殉国的方参谋、温小姐，和咱龟副官、白小姐、霍团副！

没有他们，尤……尤其是没有方参谋，咱坚持不到这一刻！方参谋和温小姐是为咱卸甲甸的弟兄死的，咱……咱卸甲甸人要……要记着他们！永远把他们当作咱……咱的兄弟姐妹看待！"

白小姐伏在鼋副官肩头，呜呜哭出了声。鼋副官和霍杰克眼圈也红红的。

他动了感情，声音愈发呜咽了：

"事……事到如今，我也不……不再多说啥了，我本不是个团长，我……我只是个县长，我……我把一千八百号卸甲甸人带……带到这里来，只……只把你们这二百来号人送……送回去，我……我……"

侯独眼大叫：

"段县长，别说了，这不怪你！活着的和死去的弟兄都不怪你！只要今夜走出去，咱们他娘的就和二十三路军司令部算账！和韩培戈这杂种算账！"

他点点头，整了整军装，正了正军帽，最后一次以新三团团长的身份发布了命令：

"弟兄们，现……现在我宣布，国民革命军陆军第二十三路军新编第三团立即撤出马鞍山，并于撤退完成后自行解散，撤退途中，遇到无论来自何方何部的阻拦，一律予以击溃！"

说毕，他郑重抱起了拳，向漫山遍野站着的弟兄们四下作揖，含泪喃喃道：

"弟兄们保重！保重！"

按照事先的安排，撤退有条不紊地开始了。侯独眼率最后凑起的战斗部队走在最前面，鼋副官、欧阳贵带着一帮轻伤员紧随其后，他和霍杰克并十几个重伤员走在最后面。队伍往山上进发时，所有火把全熄了，山野重又陷入黑暗中。

在那个细雨绵绵的黑夜，段仁义已决定向这个不可理喻的世界告别了，他既无脸面见江东父老，又无法逃脱抗命撤退必将招来的杀身之祸，除一死别无它途。看着撤退的队伍一段段向山上的上岗子方向跃动，他站在废墟上一动没动，只是在白洁芬小姐从他面前走过时，要白小姐不要哭。不料，白小姐倒越哭越凶，最后还是鼋副官硬把她拉走了。……

他的六轮手枪那当儿已扣开了空槽，只要他及时地把枪口对准自己的脑门，以后的一切便结束了，他这个县长就和自己治下的一千六百余名殉国的卸甲甸男性民众，和这片遍布弹坑的山野一起永存了。

偏来了个霍杰克，而且偏在他将枪口对准脑门时来了。他抠动枪机时，霍杰克抓住了他握枪的手，飞出的子弹没击中他的脑门，却擦着胸前的皮肉，击中了他身体另一侧的肺叶和肩膀。

嗣后几分钟，一切都很清楚。能感到自己的身体在流血，能嗅到浓郁的血腥味，能听到霍杰克惊慌的呼喊。后来，响起了脚步声，伴着脚步声，许多人来到他身边，有刘破烂和白小姐。他冲着白小姐苦涩地一笑，最后看了一眼那个湿漉漉的夜晚的湿漉漉的天空，便沉沉睡了过去。睡过去前的最后一瞬间，他以为他死了，按照自己的意愿死定了，遂挺着身子，于心灵和肉体的双重痛苦中，说了最后一句话：

"我……我也无愧啊！"

十八

对段仁义团长来说,马鞍山阻击战结束在那个湿漉漉的夜晚,而对团副霍杰克来说,战斗又延续了半夜,结束在天亮后的又一个黎明,一个阴沉沉的黎明。

那个黎明对他,就像那个夜晚对段仁义一样,值得用一生的岁月去咀嚼,去回味。在那个夜晚,他阻止了段仁义的自毙,而在几小时后的那个黎明,他却不止一次地想把枪口压在太阳穴上,用一粒子弹击穿自己年轻而骄傲的头颅。段仁义不知道那夜发生的事情,如果知道,也一定会于悲愤中再度把自毙的枪口瞄向脑门。

那夜的撤退是悲惨的,谁也没想到一七六一团会在山上布雷,更没想到上岗子四周还设置了那么多歼击点。

他们事先做了防范,为保险起见,还在上岗子主阵地下面,把撤退的队伍一分为二。一队由侯顺心营长和黾副官带着,走左边一条山沟,一队由他和欧阳贵带着,走右边山腰。分手时言明,不到万不得已决不开火,只要有一边走通,另一边即改道跟上。对新三团最后二百余名幸存者来说,那夜的目的很明确,不是向一七六一团复仇,而是安全撤出。按他们一厢情愿的设想,有几个小时的时间,又有绵绵细雨和沉沉夜幕的掩护,悄悄撤出战场是完全有把握的。

不料,一七六一团却要把新三团的弟兄斩尽杀绝,偏在山上两侧山口给新三团的幸存者们掘好了最后的墓坑,不但布了雷,还给每个歼击点配置了机枪和美式冲锋枪。两队分手不到半小时,侯营长、黾副官那边就接二连三地响起了爆炸声，继而，响起了激烈的枪声。开初，他和欧阳贵还没想到爆炸的是地雷，直到他们这边的弟兄也踏响了地雷，并引来了歼灭点的机枪扫射后，霍杰克才恍然大悟，一边指挥弟兄们抵抗，一边仓促后退。

身边不断有人倒下，有的是被居高临下的机枪、冲锋枪扫倒的，有的是被地雷炸倒的。他亲眼看见背着小包袱的刘破烂被一团爆响的火光吞掉，小包袱里的一双皮靴，一前一后落到他身边，有一只差点砸着他的腰。他及时卧倒，左膀子上还被崩伤两处，若不是卧倒，只怕连命都要送掉。

那当儿，欧阳贵趴在地上用轻机枪对着山上的火力点扫。欧阳贵一只胳膊原本受了伤，撤退的时候还和另一个弟兄架着丁汉君。打机枪的时候，丁汉君已不见了，守在他身边的是另一个弟兄。他和那个弟兄竟把机枪打得那么好，至少有一阵子压住了山上的火力，使他拖着段仁义爬到了一个凹坑里。

在凹坑里，他向欧阳贵喊，要欧阳贵退下来，可枪声太响，欧阳贵听不见。他便向他身边爬，还没爬到身边，机枪不响了，他以为他退了，遂再次回到凹坑，拖起段仁义往山下爬。爬了很久，爬到他认为的安全地带再看看，周围除了奄奄一息的段仁义已没人了——就连欧阳贵也没跟上来。

过了好久，大约总有个把小时，山上两侧山口的枪声稀落了，一个人爬到他面前不远处的山石上滚下来。他以为是欧阳贵，跌跌撞撞扑过去搀扶，可翻过那人的身子才发现，不是欧阳贵，却是跟黾副官、侯营长那队撤的白洁芬白小姐。白小姐受了伤，胸前湿漉漉的，手上、脖子上满是血迹。他翻过她身子时，她已不行了。神智还是清醒的，她认识他，用漂亮的大眼睛望着他，轻声说：

"都……都死了！黾……黾副官、侯营长都……都死了，谁也没走……走出去！"

霍杰克呆了，泪水从眼窝里溢出，在被烟火熏黑了的面颊上缓缓流，流到了白小姐苍白的脸上。白小姐的脸是看得清的，那时，黎明已悄悄逼近，天色朦胧发亮了。

白小姐笑了笑，笑得很好看，碎玉般的牙齿在他面前一闪，又说：

"霍……霍团副，你……你真傻，还……还写团歌哩，'马鞍山前飘扬着我……我们的战旗，炮……炮火硝烟弥……弥漫了我……我们的阵地……'咱……咱值……值么？"

他没想到白小姐会在这时候提起他的团歌！

他动情地摇撼着白小姐的身体说——既是对白小姐说，又是对自己说：

"咱值！值！咱这仗不是替二十三路军打的，不是替韩培戈打的！是替国家民族打的！是替我四万万五千万同胞打的！白小姐，后世会记住我们的忠诚，也……也会记住他们的背叛！"

白小姐眼中聚满了泪：

"也……也许吧！我……我也……也和你一样想，也……也和你一样傻，那首团……团歌我也记……记下了，在……在这……这……"

她将他的手无力地抓住，放在自己湿漉漉的胸前，示意着什么。

手压到了她的胸脯上，温腥的血沾到手上，他才想起她还在流血的伤口，没去理会她的示意，便解开了她军衣、衬衣的纽扣，看到了一只血肉模糊、艳红艳红的乳房。

那只糊满鲜血的乳房，他再也不会忘记。战争对美的摧残，在那一瞬间使他动魄惊心。他曾在用驳壳枪对着前团副章金奎时，无意中瞥见过那乳房，并由此而生出了许多美丽的幻想，如今，幻想在严酷的真实面前破灭了，被枪弹毁灭了的美好，使他看透了战争的全部罪恶。

当时没顾得上想这么多，严峻的遐想是在日后不断忆起那血淋淋的乳房时随之产生的。当时，他只想救人，从死亡线上救回这个不该死的少尉报务员。他扯下自己的衣襟，笨拙而又小心地给她包扎伤口，可没包扎完，白小姐已咽了气。

他伏在白小姐的尸体上放肆地哭了起来。直到那一刻，他才弄明白，原来他是爱她的。那爱，在他用枪口对着章金奎时就不知不觉萌生了。

然而，萌生的爱情刚刚发现时便随着被爱者的死亡而死亡了。如果他能侥幸活下去，联系他和她的除了关于新三团，关于这场阻击战，关于那首团歌的回忆，再没有其它任何东西了。

想起了那首团歌。

他木然地跪在她身边，从她胸前军衣的口袋里掏出了一张电文纸。电文纸上浸满了血，纸上的歌词大部看不清了。他却透过鲜红的热血，分明看清了上面的字，那是他写的歌，新三团团歌。

想象中的歌声在耳边回荡：

> 马鞍山前飘扬着我们的战旗，
> 炮火硝烟弥漫了我们的阵地，
> 为了民族的解放，
> 弟兄们英勇抗敌。
> 不怕流血，
> 何惧捐躯，
> 新三团无愧于历史的记忆……

在想象的歌声中，他重新回到段仁义身边，偎依着他的团长，等待着那个必然要来临的黎明——血战后的第三个黎明，并在那无望的等待中，昏昏沉沉睡了过去。

醒来时发现，他和段仁义置身的地方距下岗子村不到百余米，距前沿阵地也不过六七百米。下岗子村被炮火轰平了，周围的树木也大都被崩断、掀翻了，前沿阵地上的景象举目可见。

那是一幅惨痛的图画，视线所及的半面山坡上铺满了鬼子、汉奸和弟兄们的尸体。昨夜最后的战斗是惨烈的，弟兄们和冲上来的鬼子汉奸拼上了刺刀。肉搏的痕迹处处可见，战壕前许多弟兄临死还握着刺刀，有的弟兄是和鬼子撕扯着死去的。他还亲眼看到，二营一连的一个弟兄，身上捆着五颗手榴弹，和冲上来的鬼子同归于尽……

在那个黎明，英勇也变成了痛苦的记忆。新三团不存在了，被鬼子、汉奸和自己的友军合伙吃掉了，新三团关于战争的全部历史仅为马鞍山前这绝望的一战，既短暂又悲壮。

这时想到了死。山坡上弟兄们安详的睡姿，那么强烈的诱惑了他，死去的白小姐那么执迷地召唤着他——他认定白小姐在召唤他，白小姐的面孔老在他面前晃。他觉着，在敌人进攻前的黎明悄然死去是有充分理由的。新三团的弟兄们都死了，他不该再苟且着活下去，他弱小而孤寂的心承受不了那活下去的沉重负荷。

况且，他不是死在退却途中，是死在自己的阵地上，没人知道他是自杀。他给段仁义一枪，再给自己一枪，阵前殉国的全部庄严便实现了。

想到了自己的阵地，和庄严的殉国，他觉得可以死得从容一些，要真正走到自己的阵地上，走到倒卧着无数弟兄尸体的战壕里去死。白小姐说他傻，可他不傻，他活要活得像个样，死也死得像个样。他是在前沿战壕里殉国的，他的死也将化作对韩培戈最后的谴责。

拖着段仁义，一点点向前沿阵地挪时，鬼子新一天的进攻又开始了，炮火又扑到山前。迸飞的焦土，弥漫的硝烟，使那个原本阴暗的黎明变得更加阴暗。

他不怕，一点也不怕。他想，只要鬼子的炮火不把他的躯体连同他的生命一起轰倒，他就要在死前和鬼子开个玩笑，把段仁义怀里那面新三团的团旗升起来，让鬼子汉奸们好好看看它，也让倒卧在这片焦土上的弟兄好好看看它。

想象中的歌声又响了起来：

马鞍山前飘扬着我们的战旗，
炮火硝烟弥漫了我们的阵地……

然而，没挪到战壕前，他就倒下了，倒在一个弟兄炸飞了脑袋的躯体旁。三天后在医院醒来才知道，他是被炮火轰倒的，他瘦小的躯体在倒下的一瞬间竟钻进了六块弹片。

霍杰克的黎明因那六块弹片造成的昏迷而戛然中止。

大　　捷

（下篇）

十九

【中央社讯】

捷报

我国军二十三路军将士在洗马河、马鞍山一线，一举围歼日本侵略军之精锐部队山本旅团，并伪和平建国军杨华波二整编师，造成大捷。此役毙敌逾万，俘敌七千，缴获重炮二十六门，迫击炮数十门，轻重机枪逾三百挺，枪支弹药无以计数。韩中将培戈总司令称：大捷之实现，有赖我国军机动灵活作战策略之施行。初，我做出河西决战假象，诱敌入瓮，其后，主动弃守河西之省城、浍城，迂回洗马河一线，以主力部队配合洗马东之三七七师，形成铁壁合围，陷敌于绝地，大获全胜。韩将军透露，此役二十三路军总司令部直属之新三团作出卓绝牺牲。该团奉命阻敌于最后时刻，全团官兵不畏强敌，英勇作战，写下了二十三路军抗战历史上最具光辉的篇章……

【共同社讯】

捷报

皇军中国派遣军松井师团、池田师团、古贺师团、并井口晃旅团，在大岛贯一中将指挥下，如期完成河西作战，已将盘踞于该地区之重庆二十三路军击溃，攻克其省城和军事重镇浍城，并连下十七县，将圣战战线推至沙洋以南。此次作战，皇军进展神速，击敌于措手不及。七日内相继消灭重庆二十三路军三〇三师、三二四师、三七五师，击毙并俘敌计四万余人。二十三路军节制之暂十六军深明解放圣战大义，于作战过程中归顺汪精卫主席，现已编入国民政府和平建国军序列。此次作战，古贺师团属下之山本旅团尤值称道，该旅团官兵先在重庆军最精锐部队的猛烈对抗下，为天皇陛下浴血苦战，后陷入十倍于我之敌军重围，仍不失大和武士道精神，战至最后一人。日前，天皇陛下已下诏中国派遣军司令部并大岛贯一将军，对作战之成功予以嘉勉，并钦令授予壮烈死国之山本三郎旅团长以金勋章……

【美联社讯】

来自中国战场的捷报

在我美军将士艰苦卓绝对日作战之际，蒋介石将军麾下的中国政府军和广大国民，继续抵抗并牵制侵华日军，日前在中国中部战场又歼日军山本旅团，创本战季以来中国战场最佳战果。据重庆军方发言人透露，围歼战之初，中国政府军仅投入一个新编团，该新编团组建不过月余，武器装备之低劣无法想象。但该团官兵以可歌可泣的爱国精神，勇敢战斗，靠原始的长矛大刀、土炮火枪和"老套筒"——一种中国二十年代出产的落后步枪，牵装备精良拥有重炮联队的山本旅团于中国战区中部之马鞍山前，直战至最后一名士兵阵亡为止。日本共同社因此惊呼，皇军遭遇中国政府军最精锐部队。日军中国中部战区司令大岛贯一中将也无可奈何地叹息：装备如此低劣的中国军队，进行如此成功而英勇的战斗是不可思议的……

又讯：

得克萨斯州参议员杰克逊先生上书国会，呼吁进一步扩大"援华法案"实施范围，给中国政府和中国军队以更加切实有力的军事和经济援助。杰克逊先生在为中国战区抗日将士募捐的民众集会上说："我们不仅是在拯救中国，拯救亚洲，也是在拯救自己，拯救人类世界的文明。中国军队有了精良武器，多消灭一个日本强盗，我们太平洋战场的美军同胞就少流一滴血。毁灭文明和保卫文明的战争已把国界和种族界限打破了。现在，只有我们和敌人，不再有什么美国人和中国人……"

【前线社讯】

韩将军培戈亲临卸甲甸主持新三团阵亡官兵葬礼，高主席鸿图并省府长官十二人一并前往

……

卸甲甸乃一小县，位于本省南部边陲，全县人口不及七万，县城人口仅两万余，然该县民众在蒋委员长焦土抗战精神感召下，抗敌热情极为高涨，仅一县城，即为国军输送勇丁一千八百余，并于战前自建一团，编入我二十三路军序列。战端一开，该团奉命进入马鞍山地区，牵制敌优势兵力，血战三日，保证了马鞍山大捷的完满实现。该团官兵无一人临敌怯战，无一人畏缩不前，无一人逃亡偷生，全体玉碎，为国捐躯，令国人闻之感泣，敌伪闻之惊颤。

隆重的葬礼上，新三团殉国的烈士们安息了，棺木、黑纱、孝服为他们构出了一片肃穆庄严的世界。卸甲甸县城在饮泣，脚下浸透了勇士热血的土地在饮泣，勇士们的亲眷在饮泣，国家、民族也在为他们饮泣！

韩将军向他们脱帽致敬。

高主席向他们脱帽致敬。

国军士兵手中的枪对天空鸣响，淡蓝的烟雾在人们头上阵阵腾起。

飘在空中他们为之捍卫的国旗为他们降下了，一尺尺，一寸寸……

新三团的烈士们将安葬在城东某地，高主席鸿图宣布，省府将在适当的时候，拨发特款修建烈士纪念陵园，并拟请于院长右任为其书撰陵碑碑文……

又讯：

韩将军于葬礼结束之归途中云：新三团将归还建制，以彰扬其英烈，光大其传统。对幸存之该团团长段仁义、团副霍杰克、三营二连连长欧阳贵三同志，韩将军拟呈请蒋委员长、何总长，分别授予青天白日勋章，并举行隆重热烈之授勋仪式。

二十

  授勋是两个多月后的一个炎热的下午正式通知下来的，来通知的是二十三路军总司令部副官长李龙道。李龙道说：授勋之所以耽搁了这么久，有两个原因，其一，他们三同志的伤势太重，怕授勋时他们起不了床；其二，也要等重庆中央的回音。现在，他们的伤虽没彻底痊愈，但都能起床了，蒋委员长亲自具名的嘉奖电也收到了，正可以好好庆祝一下，隆重热闹地搞个授勋仪式。

  仪式定在次日早晨九时举行，地点在二十三路军总司令部大院，届时，中外记者将拍照采访，一切都已安排妥当。

  临别时，李龙道再三交代，要他们注意军容风纪，不能在自己的总司令部里出洋相，让中外记者笑话。

  次日八时二十分，两辆二十三路军总司令部的汽车开到了医院。副官长李龙道和两个随从，将身着二十三路军新军装的段仁义、霍杰克、欧阳贵接进了汽车。十五分钟后两辆汽车相继驰抵总司令部所在的原陆基滩专署大院。

  韩培戈将军在大院门楼下候着，身边聚着一帮随从军官。段仁义一下车就注意到，将军身着崭新的中将戎装，还刮了胡子，很威严，也很精神，似乎比他半年多前在省城司令部里见到时要年轻些。将军还是将军，这场葬送了整个新三团的惨烈战争，非但没在将军身上留下任何痕迹，反倒使将军显得更沉稳，更气派了。

  段仁义被韩培戈将军的气派震慑住了，未及走到将军面前，便在将军威严目光的注视下，鬼使神差地举起手臂，对着将军和将军身边的随从军官们敬了个礼。身边的霍杰克、欧阳贵见他敬了礼，也先后敬了礼。

礼敬得都很标准，将军似乎挺满意，还了个礼，呵呵笑了。将军两道浓眉下的眼睛，因笑的缘故，微微眯了起来，眼角、额头现出许多深刻的皱纹。朗朗笑着，将军向他们面前走了几步，先捉住他的手摇了摇，又和霍杰克、欧阳贵握了手。

将军握着欧阳贵的手，脸冲着他说：

"段团长，你们新三团打得好哇！我这个总司令脸上有光哇！要向你们致敬哩！"

欧阳贵把手从将军手里抽了出来，哼了一声：

"一千八百多老少爷们都打光了，能打不好么！"

将军注意地看了欧阳贵一眼，又把目光转向他。他心中一惊，镇定了一下情绪，勉强笑了笑道：

"是……是总座您指挥得好！"

将军摇起了手：

"哪里！是弟兄们打得好！没有弟兄们三天的顽强阻击和牵制，就没这场弘扬军威国威的大捷！委员长看了我们的作战总结，在不久前的一次军事会议上说：'如我军各部均有如此献身精神，则三年之内必可逐日寇于国门之外！'委座的评价很高啊！"

委座也知道了这场血战？那么，委座知道不知道新三团是怎么被出卖的呢？想必不会知道。面前这位将军是决不会把真实情况报知委座的，战争的黑幕太深沉了。段仁义想。

将军真厉害，似乎看穿了他的心思，把他们请到休息室坐下时，就绷起脸孔道：

"今天要来许多中外记者，有些记者可能要提出一些离奇古怪的问题。唔，比如说吧，有人怀疑你们新三团牺牲的背后有什么隐秘，荒唐嘛！在这里，本总司令可以负责地告诉你们：新三团的牺牲，完全是会战大局的需要，根本不存在任何非作战之原因。打仗就要死人，不存在谁该死谁不该死的问题。在河西会战的全局上，新三团是个棋子；在中国抗战的全局上，连我们整个二十三路军也只是个棋子。对此，诸位应该和本总司令一样清楚。"

将军讲得也许有道理，可段仁义不信。卸甲甸事变是真实的，他段仁义不会忘记，韩培戈将军也不会忘记。这位心胸狭隘的将军能在省城司令部里一枪击穿军事地图，能下令把卸甲甸轰平，也就必然能用战争的手段报复卸甲甸人。

将军还在说，平静自然地说：

"还有个传闻嘛，传得有鼻子有眼嘛，说新三团的弟兄们打得好，是因为本总司令派了督战队，还在背后打死了不少弟兄。现在，本总司令也可以负责地告诉你们：两次和一七六一团的冲突均出于误会，尤其是最后那天晚上，一七六一团以为是鬼子偷袭。哦，这里顺便说一下，一七六一团这次作战不力，那个姓赵的团长，已被我撤了。我已对记者们发表过谈话，讲明了，新三团无一人畏敌退却，无一人临阵脱逃。"

将军扫视着他、霍杰克和欧阳贵，又淡淡说了一句：

"记者先生们很难对付呢，回答问题时，你们都要小心噢！"

这时，已临近授勋时间了，将军看了看表，起身告辞。

九时许，他和霍杰克、欧阳贵被李龙道和一帮副官簇拥着，通过司令部作战室偏门，进了会议厅，在台下为他们留好的显赫位置上坐下了。刚坐下，两个碧眼金发的外国记者和四五个中国记者就挤过来拍照，炮火爆炸般的照相灯不停地闪，白烟直冒。

拍照未完，台上已有人讲话，好像是一个穿少将军装的总司令部的人。大概是念蒋委员长的嘉奖令。台下许多人在鼓掌，掌声中，军乐队奏起了军乐。李龙道要他们上台，说是韩培戈将军、刘副总司令和参谋长邵将军要分别给他们授勋。

他看看霍杰克和欧阳贵，以团长的身份率先站起，迈着沉重的步履，登上了台阶。

期待已久的时刻终于到了。

一个丧失了男人的县城将向一个将军复仇。

马鞍山阻击战将在将军自己的司令部里，在这场授勋大会上最后结束。

没有慌乱，没有恐惧，在那个湿漉漉的夜晚，他已死过一回了。这次复仇后的死亡，只是那次未完成的死亡的一次补充。

他平静而镇定地走到将军面前。

将军向他笑了笑。

将军笑得牵强而艰涩，嘴仿佛是被几把无形的钳子硬拉开的，拉开后合拢得很慢、很慢……

将军手里捧着一枚系着红色缎带的勋章，缎带红得像血，从将军手指缝里软软垂下来，在铺着洁白桌布的长条桌上方悬着，微微摇动。

矮胖的刘副总司令和参谋长邵将军手里也捧着勋章，不过，不是青天白日勋章。代表军人最高荣誉的青天白日勋章只破例授予了他这个前县长。

他走到将军面前时，霍杰克越过他，走到了邵将军面前，欧阳贵也在矮胖的刘副总司令面前站住了。

中外记者涌到了台阶上，又把照相机对准了他们。

该开始了。

他缓缓抬起受过伤的右手，在手触军帽完成一个军礼之前，果决地用左手去掏怀里暗藏的六轮手枪。

然而，枪刚掏出来，霍杰克、欧阳贵手中的驳壳枪已率先叭叭爆响了，至少有四枪击中了将军的前胸。将军在突如其来的猛烈攻击面前，未及做出任何反应，便颓然跌坐在身后羊皮蒙面的椅子上。

将军的血，和他躯体上流过的，和新三团倒下的一千八百余名弟兄流尽了的，一样鲜红的血，从胸前爆涌出来，染红了笔挺的军装，染红了面前洁白的桌布，也染红了落在桌布上的勋章。

复仇实现了，攻击结束了，他未来得及开枪，也用不着开枪了——霍杰克和欧阳贵比他更有理由，更有资格开枪，他们的身上至今还残留着一七六一团赐予他们的弹头、弹片。

手慢慢垂了下来，尚未扣开空槽的六轮手枪落到了地上。

几乎是与此同时，台侧涌来了许多卫兵。卫兵手中的枪也响了，欧阳贵身中数弹被击毙在他脚下，霍杰克腿上也吃了一枪。尚未回过神来，他和再度受伤的霍杰克被卫兵们扭住了。

不可思议的是，将军挨了四枪后，竟没死，竟支撑着身子站了起来，用一只满是鲜血的手，把那枚沾上了鲜血的青天白日勋章抖颤着递了过来，苦笑着对他说：

"段团长，拿……拿去吧！你……你的！"

这使他大感意外。他根本没准备接受那枚勋章，他是抱着必死的决心来复仇的，将军现刻儿竟叫他拿勋章！他不想去拿，也无法拿，他的手被卫兵们死死抓着，整个身体连动都无法动。

将军挥了挥手，让卫兵们放了他。

被放了以后，他依然于震惊中保持着原有的扭曲的姿势，呆呆立着，像尊痛苦而麻木的塑像。

将军死命支撑着身子，让矮胖的刘副总司令把勋章挂到他脖子上，断断续续地说：

"很像军官了么，段……段团长！记……记得在省城司令部里，我……我对你说的话么？我……我说，用……用不了半年，叫……叫你成为像……像模像样的团长！不……不错吧！"

医官上来给将军包扎伤口，将军将他推开，喘息着，继续说：

"新……新三团的番号还……还在，这团长你……你还要做下去！抗……抗战不结束，就……就做下去！还有你……你的团副，也……也做下去，我……我会叫刘副总司令和……二十三路军的弟……弟兄们好好待……待你们……"

最后，将军挺了挺血淋淋的身子，对他，对周围的军官们，也对台下的人叹息似的说了句：

"都……都散了吧，授勋结……结束！"

言毕，将军轰然倒下了，像倒下了一堵墙。

他傻了，麻木了，自己是活着还是死了都不知道，置身何处也不知道。一时间似乎又回到了弥漫着炮火硝烟的马鞍山前沿，似乎又看到了那满山遍野的尸体。他以为倒下的将军是方参谋，是兰尽忠，是被敌人的枪炮击中的，他想哭、想喊，可既哭不出，也喊不出。他又以为自己死了，那湿漉漉夜晚的枪弹已击穿了他的头颅，他不是人，而是个飘荡的鬼魂。

眼前一黑，段仁义栽倒了……

二十一

【前线社二十三路军特快专电】

昨授勋大会突发惊人事变,二十三路军新三团三营连长欧阳贵,因其所获勋章非青天白日等级,迁怒于该路军总司令韩中将培戈,于上台受勋之际,突对授勋长官韩将军开枪猛射,计发四弹,将韩将军击致重伤,又将枪口转向前来救护之卫兵,遂被众卫兵当场击毙。呜呼!一捷战英雄,不惧强敌之枪林弹雨,竟因勋等之虚荣,向其长官开枪,并招致亡命大祸,痛乎!惨乎,此惨痛事实,岂非我国家民族之大悲剧哉!

【亚通社快讯】

在二十三路军之授勋大会上,一激战中神经错乱之欧阳氏中尉连长,于上台受勋非常时刻,疯症发作,误将授勋台视为战场,举枪满台射击,致使会场大乱,人均失色。主持授勋之二十三路军最高军事长官韩中将培戈,于众人惊乱中镇定如磐,虽身中数弹,仍双掌撑桌,立之巍然,指挥卫兵制止欧阳氏。然欧阳氏手中持枪,且连连击发,卫兵被迫将其击毙。笔者于该欧阳氏上台受勋之际,曾予拍照,已察觉其神色异常,双目滞呆(见欧阳氏被击毙前之照片一、照片二)……

【共同社讯】

前时主持河西会战的重庆二十三路军中将总司令韩某,日前被其属下军官击毙。据南京国民政府有关人士透露，此一事件决非偶然，实系汪主席和平建国运动深入人心之必然结果。有关人士称：和平建国主张已在重庆军官兵中获得广泛拥戴，欧阳氏诸人不要勋章要和平的事实，宣告了重庆方面欺骗宣传的巨大失败……

【中央社讯】

二十三路军刘副总司令君臣中将，日前邀请中央社、美联社、前线社、亚通社，并十二报馆记者召开谈话会，澄清有关授勋事件真相。刘将军称：前时，亚通社、前线社并有关各报所云，"事件为勋等所致"或曰"为神经错乱所致"，均属无稽。刘将军受韩总司令全权委托，并以二十三路军总司令部名义，郑重声明，并公告事件事实及背景如左：甲、开枪击伤韩将军之凶犯欧阳氏，本系混入我国军队伍之日伪奸细，目前已在该犯原蛰居之卸甲甸搜出日制微型电台。乙、对授勋事件，日共同社并汪伪报纸广为宣传，声称欧阳氏之举为拥护和平运动一例，又为其身份提供佐证。丙、欧阳氏并非二十三路军司令部卫兵击毙，实系警惕甚高之该团团长段仁义击毙。丁、该团团副霍杰克为掩护危中之韩将军并本副总司令，奋勇夺枪，亦被击伤。戊、凶犯因惊慌之故，四枪均未击中要害，韩将军目前已脱离危险，迅速康复……

【《明报》特稿】

与铁血将军韩总司令培戈一席谈

访员：特派记者白水

……

访员：关于枪击事件并事件背景，各方议论颇多，将军是否还有新的解释？

将军：没有。刘副总司令在谈话会上已澄清事实，其他议论请不要轻信。

访员：段仁义、霍杰克二同志还在将军麾下吗？

将军：当然。新三团已归还建制，段仁义仍然是团长，霍杰克仍然是团副，这个重建的新三团，将是我二十三路军的第一个美械团。

访员：对段仁义、霍杰克二同志可否探访？

将军：可以。不过，现在不行，本总司令已将他们和一批军官送到美国盟军顾问处接受特训。

访员：外间的疑问恰在这里，有人说段、霍二位已被将军软禁。

将军：纯系谣言！

访员：传言似有根据，因为卸甲甸事变和那场血战——尤其是那场血战……

将军：请不要再提那场血战！这种事过去有，现在有，将来还会有！我告诉你，你要记住：我们处在一个国难不已的时代，一个我们个人力量无法改变的时代，不管这个时代有多少我们无法理解的事，我们都要顺应它，并进而推动它。道理很简单：民族要生存，就必须以铁血手段进行战争，而战争总有牺牲！有时甚至是很大的牺牲，很大很大的牺牲！

访员：将军身体状况如何？今后有何打算？

将军：身体已大部康复。今后的打算，现在还属军事机密，无可奉告。不过，有一点可以透露：我二十三路军将在适当的时候，汇合友军，收复省城、浍城，并沙洋以北之广大地区，再造大捷，以谢国人。

作于1989年4月
2017年8月修订